© Hilda Rojas Correa

Segunda edición: diciembre de 2016

© de esta edición: Editorial Pamela Díaz Rivera E.I.R.L
San José de la Estrella 0610, La Granja
Santiago, Chile

Diseño portada: Pamela Díaz
Fotografía cubierta: Istock / Pixabay

ISBN: 978-956-9752-14-8
DDI Nº 257456

HILDA ROJAS CORREA

Dedicatoria

Para ti que estás leyendo y me has regalado tu precioso tiempo.

«He comprendido que la felicidad no es vivir una pequeña vida sin embrollos, sin cometer errores ni moverse. La felicidad es aceptar la lucha, el esfuerzo, la duda y avanzar, avanzar franqueando cada obstáculo. Antes no avanzaba, dormía. Me dejaba llevar por una rutina tranquila... Ahora he aprendido a luchar, a buscar soluciones, desesperar un momento para rehacerme después y avanzar.»

Katherine Pancol

Capítulo 1

Lunes.

Hoy es mi día de suerte, es hora punta y tengo veinte centímetros cuadrados de espacio para mí solo en el vagón del metro. Esto es un lujo que uno no se da todos los días. Mientras escucho a *Guns n' Roses*, juego absorto mi última adquisición para mi *PS Vita: Mortal Kombat*. Me gusta que mi oponente riegue sobre el escenario toda la hemoglobina de su cuerpo y que los desmembramientos estén a la orden del día. Aunque si me dan a elegir entre éste y el *Mortal Kombat III*, definitivamente elijo el III, es un clásico de los juegos de pelea, recuerdo haber gastado un dineral comprando fichas para jugar en el negocio de la esquina de mi casa cuando era un niño.

El metro en hora punta, para un hombre relativamente normal, es un suplicio, y no lo es simplemente por la falta de espacio, sino que es porque a causa de esto, siempre está el peligro de ser apuntado como un potencial degenerado, que solo quiere excitarse con el contacto de alguna mujer. Viajar en el metro es todo un arte, y tengo que evitar a toda costa algún roce accidental, y obligatoriamente debo buscar un rincón que proteja mi pene, de ser acusado de querer penetrar una vagina.

Créanme, mi intención no es andar *punteando* mujeres, sino llegar a mi trabajo a la hora.

Soy ingeniero en redes, trabajo como jefe de *Housing* en un *datacenter*, ubicado en el límite del centro de Santiago y la comuna de Providencia. Es una labor bien remunerada y no me puedo quejar, pero siempre hay que estar estudiando cosas nuevas, pues muchas veces ocurre que lo que funcionaba ayer, probablemente hoy no sirva. Así que hay que estar buena parte del tiempo estudiando y buscando información actualizada. Muchos, despectivamente le llaman «procrastinación», yo lo llamo «búsqueda proactiva».

Vivo solo, no me gustan los departamentos, por eso compré una casa. Me gusta tener patio, tener un pedazo de tierra, no estar rodeado de vecinos por arriba y por abajo, y solo poseer aire. La independencia me encanta, he estudiado y trabajado duro para lograrla, no cualquiera a los veintisiete años puede decir lo mismo. Me gusta tener una vida tranquila, y mi rutina es ir del trabajo a la casa y de la casa al trabajo, y los fines de semana, los paso con mis amigos. Ustedes pensaran que mi vida es un bodrio y que no tiene ni un brillo, pero no es así. Hago lo que quiero, cuando quiero y nadie me dice cómo tengo que vivir. Soy un hombre completamente libre.

Tengo dos amigos en el trabajo, Juan y Carolina. Son lo mejor que me han pasado en mi vida adulta, me apañan en lo que sea, salidas a chupar, jugar hasta la hora del pito, ver maratones del Señor de los anillos, arreglar el mundo con nuestras conversaciones, y decidir quién es más poderoso *Gokú* o *Superman*. Ellos son *the best, of the best, of the best.* Sencillamente son grandiosos.

Nunca creí en la amistad desinteresada entre un hombre y una mujer, pero Caro es una excepción que confirma la regla, ella es como un hombre, pero con tetas. Hablamos el mismo idioma, nos gustan casi las mismas cosas y habla el doble sentido como segundo lenguaje nativo. Ella es súper inteligente y segura, y la admiro mucho. Pero no se equivoque, la Carito *pololea* con Juan desde hace un año, y agradezco a *Kami-Sama* que separen lo personal de lo profesional. Nunca les he tenido que llamar la atención por alguna situación que genere conflicto por su relación. Por lo tanto, y por todos los motivos que he mencionado, nunca la he visto como mujer. Ya lo dije, ella es un hombre con tetas.

Juanin es lo mismo que Caro, pero sin tetas y con pene. Ahhh, lo olvidaba, también lo que lo diferencia de ella, es que él es más tranquilo y menos grosero. Ambos son como el ying y el yang, se complementan a la perfección, y su relación es envidiable.

Podríamos decir que lo tengo todo, trabajo, independencia, amigos, dinero —ojo, no soy millonario pero me alcanza para mis pequeños lujos—, y hay una mujer que me vuelve loco, por ella de buena gana me volvería un degenerado en el metro, si tan solo con eso consiguiera tocarla.

Lo único malo, es que ella me tiene en la *friendzone*. La maldita *friendzone*.

Casi todo el mundo conoce el término, pero si usted no entiende lo que es, le explico. La *friendzone* es el peor lugar del mundo para un humano con sangre en las venas. Es la zona fantasma del corazón. Es estar pegado en el mismo nivel emocional durante toda la eternidad. Es lo peor, de lo peor, de lo peor.

Es estar enamorado de tu amiga… la cual te considera su mejor amigo.

Y esto te lo tienes que comer solito, si mis amigos supieran que ando baboso por ella, sería el blanco de sus bromas durante todo lo que me resta de vida, perdería ante ellos mi carnet de hombría y eso no puede suceder, bajo ningún punto de vista.

Un macho que se respeta, no puede andar así de *estupidizado* por una mujer. Es casi antinatural, pero —el gran pero—, es que si lo estoy, ella me tiene total y completamente postrado ante sus pies —aunque ella no tenga ni idea de ello—.

Si ella supiera lo loco que me vuelve, las cosas serían diferentes, pero —otro gran pero—, ella no me pesca ni en bajada, a ella le gustan más del tipo *macho-man* de gimnasio, algo absolutamente opuesto a mí, que vivo sentado y no tengo un *six pack* al cuadrado por abdominales. Tampoco soy un gordo granudo, soy más bien normal, ni tan-tan, ni muy-muy. Soy un tipo común y silvestre. Y ese es el motivo por el cual soy invisible como hombre para ella. Yo solo soy un amigo.

El objeto de mi afecto es Eva —se llama Evangelina, pero detesta su nombre—, la conozco de mis días de universidad. Estudiamos lo mismo, en el curso éramos veinte hombres y tres mujeres. Lo primero que me llamó la atención cuando la conocí, era que ella a diferencia de las otras dos muchachas, era preciosa e inteligente —las otras dos solo eran inteligentes—. Nos hicimos amigos rápidamente —porque ya en ese momento me tenía comiendo de la palma de su mano— y terminamos la carrera invictos. Estudiábamos juntos, parrandeábamos juntos, puteábamos a los profesores juntos, pasábamos todo el rato juntos, éramos uña y mugre, y desde entonces hemos sido inseparables.

He visto pasar un desfile interminable de novios, *pololos*, andantes y amigos con ventaja frente a mis ojos. Los elije siempre pensando en que éste si será «el hombre», pero como todos son iguales, obtiene los mismos resultados siempre. Un hombre que va a un gimnasio por más de una hora es por naturaleza egocéntrico, o narcisista, o vanidoso, o todas las anteriores.

Entonces al final, siempre acaban por *gorrearla* con alguna otra *mina* del gimnasio, o terminan la relación con ella al cabo de seis meses máximo, porque no pueden preocuparse tanto tiempo de otra persona aparte de ellos mismos.

¿Y quién la consuela? Yo.

¿Quién la aconseja? Yo.

¿Quién la apoya hasta el final? Yo.

¿Quién va a buscar sus pertenencias a los departamentos de sus ex? Yo.

Yo, yo, yo, yo… ¡Puta que soy *hueón*!, el amor me pone híper *hueón*.

Y yo no sé cómo llamar su atención, sin decirle todo directamente. Ella es mi amiga, ha estado conmigo siempre y no me gustaría perderla. Sé que es complicado, pero ahora que lo pienso mejor —de hecho no me había detenido a pensarlo mucho—, esta situación no debe continuar para siempre, ha pasado demasiado tiempo. Como dicen por ahí, «no hay mal que dure cien años… —Ni *hueón* que lo aguante—». Así que a la primera oportunidad que tenga, voy a tomar todo el valor que encuentre, y se lo diré.

Lo he decidido, se lo diré, no importan las consecuencias.

Capítulo 2

Hoy llegará un alumno en práctica a «mi reino», necesitábamos un técnico, así que si el nuevo es capaz, podrá quedarse con el trabajo de manera indefinida. Me considero un buen jefe, ni siquiera me gusta que me llamen jefe, lo encuentro pretencioso, yo no soy peor ni mejor que nadie y no me guardo mis conocimientos. Por lo tanto, si esta persona está dispuesta a aprender y a hacer bien su trabajo, tendrá futuro prometedor.

Mi superior me llama para presentarme al practicante, al entrar a la oficina veo a Héctor sentado en su escritorio con una sonrisa de oreja a oreja, eso no me gusta para nada. Vez que sus labios se curvan en una perfecta parábola, significa que lo que me dirá no me va a ser de mi agrado. Él es un poco sádico y le gusta verme en aprietos, él le llama «desafíos», yo les llamo «malditas piedras en los zapatos».

—Leonardo, buenos días, ¿cómo van las cosas? —pregunta Héctor interesado, lo veo en su cara, algo se trae entre manos.

—Bien, súper, todo está en orden —contesto con seguridad.

—¡Qué bien!, entonces hoy es un buen día para hablarte de «oportunidades» —anuncia él alegremente. Me está confundiendo este hombre.

—¿Oportunidades?, ¿no se supone que hoy debería llegar el alumno en práctica, o no?

—Así es, pero no me refiero a las oportunidades para esa persona, sino que hablo de oportunidades para ti. —Algo me dice que será bueno lo que me dirá Héctor al fin y al cabo.

—Dime, soy todo oídos.

—Leonardo, tú eres una persona muy generosa con tus conocimientos. Tus subordinados y superiores te evalúan muy bien, por lo tanto, si entrenas bien a esta persona que vendrá a la práctica, el próximo semestre podrás recibir el aumento que solicitaste, pero multiplicado por dos, o sea, será bien sustancioso en relación a lo que pediste. Eres un gran elemento para esta empresa, así que si eres capaz de entrenar a la perfección al técnico en práctica, el aumento será tuyo.

«¡Al fin me subirán el sueldo!, ¡excelente!, será pan comido entrenar al practicante».

—Dalo por hecho, Héctor, esto será solo un trámite.

—Así se habla. —Héctor levanta el auricular y llama a su secretaria—. Rosita, ¿ya llegó Jesús Montenegro?... Perfecto, dígale que pase.

Realmente Héctor está de buen humor, su sonrisa es inamovible de su cara. Sentí como la puerta que estaba a mi espalda se abría, y aquella sonrisa se curvó aún más.

—Buenos días, Jesús, te presento a Leonardo Apablaza, él será tu jefe y quien te evaluará.

—Buenos días, don Héctor. Es un gusto conocerlo, don Leonardo.

Mi rostro se desencajó al escuchar su voz y cerré mis ojos fuertemente. No era un alumno en práctica, era una alumna. Por eso se reía tanto el viejo zorro maquiavélico, sabe que las mujeres tienen problemas para entrar en «mi reino».

No es que sea machista, creo que no lo soy, pero he visto a tan pocas mujeres realmente competentes en esta área, y tantas que solo dan jugo, que mis experiencia personales con ellas han sido más bien desastrosas que maravillosas.

—Leonardo, ella. —Y recalca el «ella»—, es Jesús Montenegro, espero que tengan éxito en este desafío.

Me levanto de mi asiento y me giro para ver y saludar a la famosa Jesús estrechándole la mano, pero al situar mi vista al frente no veo a nadie, reajusto mi campo de visión un poco más abajo y...

«Estoy frente a una hobbit de carne y hueso, la hermana de Frodo en persona».

¡Es verdad!, ella es minúscula, debe medir menos de un metro cincuenta, mi cálculo no me falla. Tiene cabello castaño claro y ojos del mismo color, aparentemente es delgada y proporcionada, no puedo ver más allá porque su ropa no le sienta nada bien. Mierda, estoy pensando como *mina*, ¡la estoy criticando por su ropa, por Dios!

—Hola, Jesús. —Le estrecho la mano —. Llámame Leonardo, omite el «don», me hace sentir como vejestorio.

—Hola, Leonardo, espero que trabajemos bien juntos —saluda Jesús sonriendo, es linda la petiza y creo que ya me cae bien, pero debe demostrarme que ella es más que una cara bonita. Deberá superar las pruebas para ganarse mi respeto y la entrada a «mi reino».

—Ahora que ya están hechas las presentaciones pueden retirarse, que tengan un lindo día —nos despide Héctor burlonamente, ya casi puedo leer sus pensamientos, «a ver cómo te va ahora con la pequeña, "engendro misógino"».

Héctor piensa que odio a las mujeres, pero está equivocado porque no lo hago, insisto Jesús va a ser tratada como persona igual que a todos los demás. También me han tocado hombres incompetentes para éste trabajo, pero son mucho menos que las mujeres. Solo conozco a dos féminas que me han tapado la boca, Carolina y Eva.

Veamos cómo le va a la *hobbit*, solo depende de ella.

Mientras salimos de la oficina de Héctor intento instalar un tema de conversación con Jesús para romper el hielo y saber más de ella.

—Sácame de una duda, ¿te llamas María Jesús, o solo Jesús?

—Me llamo Jesús, a secas —responde sonriendo.

—Qué raro, siempre acompañan ese nombre con algún pariente de Jesús, ya sabes, María Jesús, Jesús José o Jesús María José.

—Mi papá juraba de *guata* que yo era hombre y me puso así desde antes de nacer, nunca quiso saber mi sexo con las ecografías, así que fue una gran sorpresa para él cuando nací.

—Se debió ir de espalda de la impresión.

—Nunca se repuso. —Ríe a carcajadas—. Soy la menor de tres hermanas, mi viejo era una fábrica de niñitas, sus espermatozoides solo tenían cromosomas XX.

Río por su ocurrencia, y seguimos caminando hasta que llegamos al área donde trabajamos Juan, Caro y yo. Entramos a la oficina y ya estaba el parcito mirando fijo a la puerta para ver con quien llegaba.

—Hola, par de animales, les presento a Jesús… a secas.

Caro abre los ojos como platos y escupe la galleta que estaba comiendo y grita como loca.

—Noooooo… ¡Jesús Montenegro!, ¿qué mierda haces aquí?

Caro salta de su escritorio y corre para saludar efusivamente a Jesús. Nunca la había visto ser tan… tan… *mina* para sus cosas.

—¿Cómo *estai*?, ¡tanto tiempo! —exclama Carolina exultante de alegría abrazando a Jesús.

—Estoy bien, como ves, a pesar de todo pude terminar la carrera.

—Era que no, si eres *seca*, no podía esperar menos de «la experta».

Carraspeo la garganta para que noten que estoy en la misma oficina que ellas, y se recomponen un poco. Carolina me cuenta que Jesús era la «más inteligente de la clase», y era de las «no conocía las notas bajo el seis», y un montón de apelativos relacionados con su inteligencia. Caro la pone al nivel de Stephen Hawking de los técnicos en redes, no sé si la admira o si está enamorada de ella. Si no es porque sé qué está en una relación heterosexual, ya estaría pensando que chutea para el otro equipo.

Cuando terminan las presentaciones, asigno a Jesús unas labores no muy complicadas para inducirla en su trabajo. Ella me hizo un par de preguntas e hizo todo impecablemente, nada que decir, ella me sorprendió gratamente, definitivamente no vino a dar jugo.

Pero hay algo que me intriga, Caro trabaja desde hace dos años conmigo, y se supone que ella y Jesús son de la misma generación, ¿Por qué recién ahora está haciendo la práctica? Seré hombre pero también soy curioso, y en cuanto pude, acorralé a Carolina cuando fue a prepararse un café y le pregunté para que me contara.

—Ilumíname, Carito, si ustedes dos estudiaron juntas, ¿por qué Jesús está recién ahora haciendo la práctica?, ¿tú sabes algo?

Caro se puso seria, ella nunca es así, de manera tal que me asustó un poco y aquello me intrigó aún más.

—A la Jesu le pasaron muchas cosas juntas en muy poco tiempo durante el último año de carrera, y congeló. Lo que le pasó no se lo doy a nadie… bueno, tal vez se lo daría a mi ex, y eso sería ensañarme con ese pobre y triste *hueón*.

—Mmmmmmm ¿y no vas a entrar en detalles?, ¿no vas a contarme nada más?

—No sé si contarte más, no quiero que eso nuble tu juicio respecto a su trabajo al momento de evaluarla.

—Me extraña que digas eso, no evalúo por lástima, me conoces bien, Caro.

—Leíto, tú en el fondo eres un corazón de abuelita.

—Ja-ja, ¿de dónde sacas eso?

—Te conozco, más de lo que crees.

En eso llega Juanin y se acaba el interrogatorio, me da curiosidad lo que Caro me cuenta, ella es más bien como un sándwich de palta, la aprietas un poquito y desparrama todo el chisme, así que me produce extrañeza su actitud reservada con el tema de Jesús.

Dejaré mis indagaciones para otro día. Carito hablará tarde o temprano, o tal vez lo haga la misma Jesús.

Capítulo 3

Miércoles.

Hoy Eva me ha llamado por teléfono, la escuché un poco rara, me dijo que quiere que almorcemos juntos, obviamente le dije que sí. Así que me vendrá a buscar al trabajo.

Un par de veces al mes comemos juntos y siempre ella va a la oficina a sacarme con orden judicial, porque a veces me quedo pegado en mis asuntos. Antes, ella me esperaba, ahora, solo sube y me lleva a rastras. Me gusta que haga eso, tanto, que en algunas ocasiones me quedo pegado a propósito.

Estaba frente al computador leyendo el diario, cuando golpean la puerta. Jesús abre y saluda amablemente a Eva y le permite entrar. La veo caminar directamente hacia mí, casi en cámara lenta, contoneando sensualmente sus caderas y arreglándose el cabello. Es infernalmente sexy y lo sabe. Ella saluda a todos con un «hola» general y un gesto coqueto con sus dedos.

—Hola, Leo, ¿te falta mucho? —saluda besando sonoramente mi mejilla.

—No, dame unos minutos mientras termino de enviar este correo —miento y cierro la página web que estaba viendo.

—Dale, te espero.

Se sienta al frente de mi escritorio y conversa unas cosas triviales con Juan. Carolina no la pasa mucho, vez que sabe que voy a salir con Eva a almorzar pone caras ridículas. No sé por qué le cae tan mal.

Jesús pasa por mi lado, me pregunta algo sobre unas conexiones de cables de red y luego se queda unos instantes mirando a Eva, le sonríe, y luego se va para donde Caro. Le cuchichea algo al oído y ella hace un gesto afirmativo y rompen en carcajadas. Creo que se están riendo de Eva, y me molesta.

—A ver, ¿por qué no me cuentan el chiste el parcito?, así me río yo también.

—Ay si no pasa nada —responde Caro con falsa inocencia.

—En serio, Carito, no te creo nada. Jesús, ¿qué le dijiste a la Caro?

—Le dije que se te nota mucho que tú estás…

Juanin partió raudo antes que Jesús terminara su oración y le tapa la boca, ella pone cara de no entender nada, y se quita la mano de Juan medio enojada.

—Le decía a Caro, que se te nota mucho que tú estás con el tremendo bigote de espuma de leche.

—¿Qué dices? —Me paso la mano por la boca incrédulo y me doy cuenta de que sí es cierto.

Eva se larga a reír. Juan, Caro y Jesús no ríen mucho.

—¿Por qué no me dijiste nada, Eva? —recrimino, estoy un poco harto de la situación.

—Te veías divertido. —Y siguió riéndose.

No me gusta esta escena, y no me siento cómodo, para nada. Me levanto de mi puesto y me voy con Eva, quien apenas deja de reír. Yo me quedo callado rumiando el mal momento, y poco a poco, durante el trayecto hacia el restaurant me recompongo de la molestia que siento y empieza a aflorar mi buen humor nuevamente.

Vamos al mismo lugar de siempre, se llama «Ají seco», ahí es donde comemos comida peruana cada vez que nos reunimos. Ordenamos lomo saltado, y mientras esperamos, conversamos algunos temas triviales, y untamos en salsas esos pancitos que te ponen para entretener las muelas.

—¿Sabes, Eva?, te escuché un poco extraña por teléfono, algo te pasa, cuéntame de una vez —interrogo para que me saque de esta incertidumbre, sé que algo está sucediendo. Y no me gusta.

—¡Ay!, ¿tanto se me nota? —replica un tanto histérica.

—No sé qué cosa se te nota tanto, pero de que estás rara, estás rara.

Más que rara. Ella está nerviosa, ansiosa, inquieta. No me huele nada bien todo esto, actúa como una niña a punto de confesar que ha hecho una travesura.

—Bueno, bueno, si me pasa algo.

—Entonces no hagas tanto teatro y cuéntame.

—Rodrigo me pidió matrimonio.

«Esto no está pasando, debí escuchar mal».

—¿Perdón? ¿Qué dijiste? —pregunto aún pensando que es una pesadilla. Eva solo sonríe, está radiante.

—Te dije que Rodrigo me pidió matrimonio... me voy a casar, ¡le dije que sí! —Me muestra su anillo de compromiso, una sobria alianza de oro.

—Es una broma, ¿verdad? Apenas llevan cinco meses de relación, ¿no crees que es muy pronto para casarse? Ni siquiera se conocen bien —argumenté escéptico.

—Pero, Leo, para el amor no hay tiempo, yo lo amo, él me ama. No veo cual es el problema... ¡ya!, no seas aguafiestas y felicítame, soy ultra feliz.

No quiero felicitarla, se me ha quitado el hambre, lo único que quiero hacer es largarme de aquí. Eva se ve contenta, ¿quién soy yo para arruinarle su felicidad? Nadie, esa es la respuesta, no soy nadie.

¿Será que Eva al fin encontró a su príncipe azul de gimnasio?

No me siento bien, ni siquiera sé si estoy fingiendo de manera convincente de que me alegro por ella. La abrazo diciéndole que quiero que sea muy feliz junto a Rodrigo, pero no me siento yo mismo, soy como un robot, diciendo cosas cliché para salir del paso. Hago todo por inercia.

No soy capaz de probar bocado alguno, en cambio, me tomo todo el *pisco sour*, que gracias a Dios está bien fuerte. En la mitad del almuerzo me llama Jesús para preguntarme algo sin importancia, ha sido milagroso ese llamado porque gracias a él tengo la excusa perfecta para escapar de este infierno —mi Jesús personal está haciendo milagros, que irónico—. Le digo a Eva que tengo que «apagar un incendio» en el trabajo y que debo irme inmediatamente. Pago la cuenta por adelantado y me retiro.

Me voy a caminar, necesito aire. Estoy hecho pedazos, era tan cómoda la situación en la que estaba, incluso había decidido decirle a Eva sobre mis sentimientos en cuanto se me diera la oportunidad, y ahora todo esto me cae como un balde de agua fría. No, más bien como un bloque de hielo sobre mi cabeza.

Necesito ocupar mi tiempo y mi cabeza en algo para no pensar. No quiero sentir esto, no sé ni cómo manejarlo. Quisiera dormir y que nadie me despierte hasta el próximo siglo. OJalá pudiera hacerlo, para no sentir esta pena y decepción, pero, ¿qué mierda puedo hacer?, ¿cómo puta salgo de esto?

Vago durante una hora, Juan me llama al celular, y recién me doy cuenta de que tengo cinco llamadas perdidas. Estaba inmerso en un estado catatónico.

—Leo, perrito. Llegó el servidor de Santander, hay que hacer el ingreso, se suponía que debías hacerlo tú con la Jesu. Ella no puede hacerlo sola porque aún no conoce el procedimiento. Yo estoy almorzando fuera de la oficina con la Caro.

—Mierda, se me olvidó, voy ahora, estoy cerca.

—Ok, le aviso a la Jesu para que te espere.

De hecho estaba al frente del edificio donde trabajo, ni siquiera me había dado cuenta en qué lugar estaba.

Lo que queda de jornada me lo trabajo como chino, acaparo todo lo que puedo, y más. Me quedo hasta tarde en la oficina, y cuando ya veo que estoy estorbando a la gente del aseo me voy para mi casa.

Vuelvo destruido a mi hogar, me voy directo a mi cama para dormir, a duras penas me quito los zapatos, y me dejo caer inerte sobre el colchón. Desde que Eva me dio su «buena nueva» he estado en piloto automático, el cual se desconectó en cuanto puse mi cabeza en la almohada. Intento dormir, pero no puedo, se me repite la escena del almuerzo una y otra vez. Siento que el pecho se me oprime, como si alguien intentara arrancarme el corazón de cuajo. La garganta se me obstruye, apenas puedo tragar saliva… No puedo más, me siento enfermo… No lo soporto, necesito hacer algo, necesito que esto desaparezca… No sé cómo.

Mi teléfono vibra y veo su nombre. Eva me está llamando, y por primera vez en mi vida no deseo hablar con ella, y casi sin darme cuenta comienzo a sollozar, trato de contenerlo, pero se vuelve una tarea titánica... No debo llorar, soy un hombre, los hombres no lloran, pero eso ahora, en éste preciso momento, me importa un pico. Mis lágrimas brotan gruesas, lloro en silencio, porque ni siquiera quiero oír como lo hago, es tan difícil controlar esto, pero al final estallo y lo hago como nunca en mi vida, tengo tanta tristeza, estoy tan arrepentido por no contarle a Eva lo que siento por ella. Fui tan, tan cobarde, y de todas formas la perdí, creo que no podré verla nunca más, no lo soportaría. Me duele pensar en ella, me duele ver su nombre anunciando su llamado insistente. No quiero ni saber cómo dolerá verle la cara nuevamente.

Se siente extraño llorar, siento que no soy yo, pero a la vez si lo soy, con un corazón roto y vacío, y a la vez lleno de sentimientos, que son demasiados para saber cómo manejar cada uno de ellos.

Solo quiero no sentir, solo quiero estar tranquilo, solo quiero olvidar.

Capítulo 4

—Tienes cara de muerto sin velorio —observa Juan con un tono preocupado de voz.

—No tuve una buena noche —replico cansado revolviendo mi cabello.

—¿Tú? Eso sí que es raro, Leonardo e insomnio no pueden ir juntos en la misma oración.

—Bueno ayer no dormí bien, eso es todo —digo un poco molesto, odio estar así, yo no soy así.

—Ok, ok, no te me sulfures, perrito...

Usualmente Juan llega primero al trabajo, hoy me adelanté y llegué a las siete y media. Después de mi noche catártica, solo pude dormir unas cuantas horas. Desperté de madrugada y no pude seguir descansando aunque hubiera querido. Así que me vine al trabajo temprano. Lo bueno de levantarse a las seis y media de la mañana, es que el metro está casi vacío y hasta alcancé a tomar un asiento. Si no estuviera tan deprimido, habría podido disfrutar ese pequeño placer de la vida.

Cuando llegué a la oficina esta mañana, abrí mi cuenta de *Facebook* y lo primero que vi fue una Eva plétorica de felicidad anunciando su compromiso. Mi pulso se aceleró, la rabia y los celos me roían los nervios. Entonces pensé que si había sido tan cobarde durante tanto tiempo, no sería tan malo hacer otra cosa cobarde, sería como hacer una raya en el agua, y en un acto de vil valentía pusilánime eliminé a Eva de mis contactos. No necesito que me restriegue lo feliz que es a cada rato. Total, ella no se dará cuenta, yo soy más bien un voyerista de *Facebook* y rara vez publico algo. Ella no notará hasta en un tiempo más que la eliminé.

Luego de eso, volví a encender mi piloto automático.

De nuevo me quedé hasta tarde en la oficina, casi estoy dejando sin trabajo a Jesús. Se supone que ella debe hacer la práctica, y yo no la dejo por mi necesidad de usar mi cabeza y mi tiempo, y así, poder ignorar mi corazón. Espero que en algún momento, milagrosamente, vuelva a latir normalmente, ojalá eso suceda.

Semana tras semana he hecho lo mismo. Me levanto a las seis y media, llego al trabajo a las siete y media. Miento a todos y digo que estoy llegando unos minutos antes que Juan, trabajo hasta las ocho o nueve de la noche, y miento al otro día diciendo que me fui quince minutos después de que Carolina o Jesús. Llego a mi casa, me enchufo a la *Play* para jugar *Call of duty* y trato de vencer infructuosamente a mi némesis, el jugador DarthJC. Lo intento hasta que me duermo sentado frente al televisor. Siempre despierto por la posición incómoda en la que me he quedado, y recién en ese momento me voy a la cama.

Creo que ya me estoy acostumbrado a sentir el cuerpo y el alma entumecido, incluso ya me habitué al piloto automático.

Eva no ha llamado, ni ha escrito ni siquiera un mensaje de *WhatsApp*, es extraño, antes siempre lo hacía, pero parece que la tierra se la tragó, tal vez está con los preparativos de su *matricidio*, creo que de algún modo ya no existo para ella. Mi cerebro se encarga regularmente de pensar en cómo está, y me dan ganas de llamarla o escribirle. Hasta el momento, he podido reprimir el impulso de hacerlo, y de hecho, en este instante casi sucumbo a cometer una estupidez nivel Dios, pero justo, justo en ese momento aparece Jesús en la oficina impidiendo ese acto de desesperación. Ella, sin saberlo, me ha librado de la tentación.

—Hola, Leonardo —saluda alegre, como todos los días.

—Hola, Jesús. ¿Cómo estás?

—Bien, súper bien, ¿y tú?

—Bien… bien —contesto sin poder reprimir un suspiro.

—Mmmmm, Leonardo, ¿me puedes dar un minuto de confianza para preguntarte algo personal? —consulta Jesús un poco inquieta, se nota, porque se pellizca el puente de la nariz, siempre lo hace cuando está nerviosa, la he observado.

—Sí, supongo —respondo intrigado.

—Leonardo… no sé qué te pasó, pero se nota mucho que no estás del todo bien. Estás más delgado y tienes una cara que ya quisiera para animar una despedida de soltera.

—¿En serio? —Me toco la cara como para saber si está ahí de verdad, es que ya ni siquiera me miro mucho al espejo, con suerte lo hago para afeitarme de vez en cuando.

—Sí, tienes el rostro demacrado y la ropa te cuelga del cuerpo. No eras así cuando llegué a trabajar hace dos meses.

Me quedo mirándola fijo a los ojos un instante para convencerme que realmente está sucediendo esto, ¿han pasado dos meses ya?... ¡Mierda, no puede ser!, ¿tanto se nota que tengo una vida miserable? Jesús baja la vista, incómoda, tal vez un poco avergonzada por su atrevimiento.

—Disculpa, no quise ser una vieja metiche, pero es preocupante… Caro y Juanin también se han dado cuenta, pero ellos solo me dicen que ya se te pasará. A mí me agobia ver a una persona que no esté bien. Temo que no se te pase nunca ese estado y que no le cuentes nada a nadie. Por experiencia te digo, no te puedes comer todo solito, al final tu situación te pasará la cuenta y explotarás.

Siento que me está haciendo una radiografía, hasta me dan ganas de hablar con ella y quitarme este peso de encima, pero recurro a la negación. Nunca admitiré que estoy mal frente a nadie, de la única manera en que me pueden sonsacar algo es estando *curao-bo-rracho-borra'o-beodo*. Soy lo que se llama un «ebrio sentimental», cuando estoy bajo los efectos del alcohol, me baja toda la pena o el amor por todos: amigos, familiares, mascotas, garzones y *bartenders*. De hecho, no sé si en realidad tomo éxtasis o alcohol etílico.

—No te preocupes por mí… es muy amable de tu parte, de verdad, estoy bien —tranquilizo a Jesús tratando de convencerme más a mí mismo que a ella.

—No será la última vez que conversemos. —Jesús me hace un gesto con su dedo medio e índice, apunta sus ojos y luego me apunta como si dijera «te estoy vigilando». Frunce su ceño y pone una cara divertida, al parecer quiere hacerme reír y lo logra, una sonrisa aparece espontáneamente en mis labios.

—Estás loca, Jesús…

Me desconcierta la repentina preocupación de ella, hablamos por lo general asuntos laborales y una que otra anécdota. Debo reconocer que Jesús ha hecho su trabajo extraordinariamente bien, es muy inteligente, competente, profesional, y más de alguna vez ella me ha sorprendido sabiendo cosas que yo no. Ella, Caro y Juan hacen un excelente equipo, creo que hasta salen de parranda los tres. Yo he rechazado todas sus invitaciones, realmente no estoy de ánimos para caerme al frasco. Además que está el peligro de «transformarme» cuando tomo, y por el bien de la humanidad, no quiero exponer al «ebrio sentimental».

Cómo sea, ella a veces me intriga, sobre todo su pasado. Jesús no aparenta haber tenido un período negro, es alegre, tiene carisma y un gran sentido del humor. Es más «señorita» que la Caro, así que su presencia le da otro ambiente a la oficina. Le da un toque fresco y femenino.

Me cae bien Jesús, tiene algo en su forma de ser que me da confianza, creo que con un par de *piscolas* en el cuerpo igual podría hablar con ella sin temor a que me juzgue.

Capítulo 5

Mi plan para hoy es reventarme trabajando como todos los días, son las siete de la tarde. Aparentemente, Juan y Caro no tienen intenciones de irse. Se supone que debieron hacerlo hace una hora, cada cierto tiempo miran la hora en el reloj mural de la oficina. Yo no pretendo irme a casa todavía, me incómoda que el parcito aún esté revoloteando por aquí, y me escondo tras el computador.

Estoy concentrado contestando un correo a Héctor, y de pronto una mano se atraviesa en mi campo visual.

—Hola, Tierra llamando a Leo —llama Caro captando mi atención.

—¿Qué necesitas, Caro? —interrogo con ganas de que se vaya luego.

—Queremos hablar contigo. —Aparece Juan detrás de mí de un modo un tanto amenazante.

—¿Qué les pasa a ustedes dos? —Este parcito ya me está poniendo mal genio, y mi paciencia está a punto de irse bien lejos de mi alcance.

—¿Qué *chucha* te pasa a ti, Leo?, y no me vengas con respuestas imbéciles y evasivas baratas —replica ella, preocupada y molesta. He estado tentando a mi suerte colmándole la paciencia.

—Te hemos observado desde hace tiempo, estás flaco y demacrado como perro callejero. No comes, no sales de parranda, trabajas como si quisieras ganar el premio al mejor esclavo del año. Repito la pregunta de la Caro ¿Qué. *Chucha*. Te. Pasa? —pregunta Juan serio, esto definitivamente no es una broma.

—No me pasa…

—¡Basta, Leo! Me tienen *chata* tus respuestas… apuesto mi cabeza que es por esa *mina*.

—¿Qué *mina*? —Sé de quién habla, pero me hago el *hueón*.

—¡La Eva *po'h*! —Carolina escupe su nombre—, ¿cuál otra?, ¿crees que no sabemos que andas detrás de ella y que no te hace caso? —revela iracunda.

—Perrito, eso siempre se te ha notado, no hay que ser adivino, solo hay que tener un par de ojos relativamente buenos.

Yo estoy boquiabierto, no esperaba esta encerrona y ya no puedo seguir negando nada, estoy sobrepasado de todo.

—¿Qué te hizo esa *mina*?, la voy a matar a esa mosca muerta infeliz, detesto a esa hija de…

—¡Se va a casar! —exploto y expulso esa oración como si tuviera la lepra.

Se hace un silencio eterno, Juan y Carolina me miran incrédulos.

—No me digas que te pidió ser el testigo —dice él, como si estuviera rogando que no le dé una respuesta positiva.

—No… no he hablado con ella desde que me lo contó.

—¿Y ella no te ha buscado?, ¿no ha intentado hablar contigo? —consulta Caro preocupada.

—No, no llama, no escribe… nada.

—Y tan *amiguis* que eran. ¿Sabes, Leo?, estoy segura que esa *mina* solo te usó para su beneficio, para ella tú eras solo un baboso más de su corte de babosos. ¡Por Dios!, es evidente que ella sabía lo que sentías por ella. Hay que ser estúpida, ciega, sorda, muda y con parálisis cerebral como para no notar lo mucho que la amas —afirma Caro segura.

—¿Y si no es así?, ¿y si ella no sabe nada? —pregunto con la esperanza de que de verdad Eva sea ignorante de mis sentimientos.

—¿Cómo no va a ser así?, es imposible que no se haya dado cuenta, hasta la Jesús lo notó la primera vez que la vio… y si tienes tantas dudas, ¿por qué no le preguntas directamente? —Juan también piensa lo mismo, ¿tan ciego fui? Y yo creía que lo ocultaba bien… bien como las pelotas, todo el mundo sabía.

—No puedo preguntarle… no sé cómo voy a reaccionar si la veo.

—Da lo mismo, cierra ese ciclo. —Carito me toma la mano y la aprieta con cariño—. Leo, eres un hombre como pocos, solo eres demasiado tímido cuando se trata de expresar tus sentimientos directamente. Sal de ese hoyo y preocúpate por ti mismo, se egoísta. Esa *mina* es una calienta sopas, y tu sopa la mantuvo lo suficientemente tibia para tenerte siempre a mano. Eva es una *chuchesumadre* egocéntrica. —Ella intenta estar tranquila, sé que lo intenta, pero no le resulta y con lo último que dijo lanzó por la borda todo mi temple.

—¡Ya basta, no sigas, Caro!... detente por favor… no sigas —pido clemencia, ya no puedo más.

—No, no voy a detenerme hasta que cortes esta *huevada*, esa *mina* no merece nada de ti. Nada, ¿entiendes?, ¿o te lo explico con manzanas? —Ella no va a ceder, es como un perro que no quiere soltar su presa.

—Caro, déjalo, si ya captó el mensaje. —Juan me mira como si me dijera «por favor haz caso, perrito»— Leo, vamos a mi departamento, y no te lo estoy pidiendo, te lo estoy exigiendo —expresa firme con un tono paternal.

Intento decir algo, negarme, pero ya no puedo esgrimir ninguna excusa, estoy exhausto emocionalmente.

—No hay pero que valga, vamos. Caro, no te preocupes ve a tu casa, mañana nos vemos. —Juan es el único que puede domesticar a la bestia que es ella. Carolina nos mira y suspira.

—Me voy, cuídense… Juan, llámame si pasa cualquier cosa ¿vale?

—Vete mujer, yo me hago cargo. —Juan le guiña el ojo, en cierto modo, siento celos de su buena relación y de lo cómplices que son, no suelen ser cariñosos en el trabajo, ni frente a mí, ahora lo entiendo, no querían echar sal en la herida. Son los mejores.

Siento que de alguna manera, se me ha quitado un peso enorme al decir todo en voz alta, desahogarme un poco. Pero es que no suelo andar ventilando todo, pero creo que ahora se me pasó la mano —la muñeca, el codo y todo el maldito brazo— con no decir nada. Me fui al otro extremo y me cerré como almeja. Es el colmo que hayan tenido que hacer una «intervención» para que yo reaccionara.

Voy con Juan a su departamento, él es más tranquilo y sereno, todo lo contrario a Carolina, ella se tira como piraña para interrogar y pierde rápidamente los estribos. Es difícil romper el perenne estado zen de Juan. No hablamos durante el trayecto, él respeta mi silencio y vamos cada uno sumido en nuestros propios pensamientos. Llegamos en cuestión de minutos, él vive a solo un par de estaciones de metro.

—¿Tomamos unas chelitas, perrito?... —consulta abriendo su refrigerador—. No sé para qué te pregunto. Toma, una Sol.

Saca dos botellas, las destapa y me la entrega una, siento el aroma de la cerveza y se me empieza a hacer agua la boca. Está helada y me la tomo al seco, sin siquiera respirar. Juan me mira sorprendido, y luego apura su trago para terminar.

—Jesús nos contó que habló contigo la semana pasada, nos insistió en que hiciéramos algo —me cuenta Juanin interrumpiendo el silencio—. Ella nos abrió los ojos, era evidente que necesitabas una válvula de escape. No habíamos notado que ya había pasado demasiado tiempo.

—Esa *hobbit*… no sé por qué se interesa tanto por mí.

—Puede ser que le gustes, o que le haga honor a su nombre y solo ama al prójimo, y todas esas yerbas. El asunto es que ella nos hizo ver lo evidente, y que debíamos tomar cartas en el asunto, después de todo somos tus amigos. —Abre otro par de botellas y me da una de ellas. Hago un gesto de salud, y me tomo la mitad como si fuera agua. Qué buena está.

—Gracias, Juanin, necesitaba todo esto que hicieron... es que simplemente, no lo sabía.

—De nada, perrito, para eso están los amigos… oye, ¿hace cuánto que la amas? Por lo bajo son dos años, que es el tiempo que te conozco.

—Ya perdí la cuenta de los años, la conocí cuando tenía diecinueve.

Juan hace cuentas con los dedos y me mira sorprendido.

—¡Pero hombre! ¡Es un lote de años!… ¿Cómo lo has hecho?... ¡Ocho años! ¿Y ella no lo ha notado? Ahora estoy más que seguro de que Eva era muy consciente de que la querías.

—Ya estoy creyendo lo mismo… ha sido una soberana pérdida de tiempo. Siempre pensé que en cuanto se diera cuenta, habrían dos posibilidades para los dos, terminar nuestra amistad o empezar una relación.

Creo que al final, ella eligió lo más cómodo para sí misma.

—¿Y nunca has *pololeado* con alguna otra en estos ocho años? —pregunta con curiosidad.

—Pues… no, no he sido capaz. Soy ridículamente monógamo unilateral, aunque todo el mundo me catalogaría de *hueón*. El más grande de todos.

—Mierda… tienes nervios de acero.

—Ni que lo digas, ya son de *adamantium* a estas alturas.

Nos quedamos en silencio y terminamos la segunda botella de cerveza cada uno. Juan saca otro par del refrigerador, ¿qué onda, las compra al por mayor?, las destapa y me entrega una, la cual comienzo a beber inmediatamente.

—¿Y antes de conocerla? Supongo que tuviste alguna *pololita* en el colegio —pregunta después de beber un trago.

Intento mentir, pero al instante me arrepiento, ¡qué más da! En este momento todo me da lo mismo.

—Me declaré a tres o cuatro niñas, pero siempre me rechazaron de una manera no muy cortés, por así decirlo. Así que después del último intento, nunca volví a exponerme ante nadie más. —Tomo un trago largo de cerveza, me encanta la valentía liquida—. Si vieras mis fotos de escolar no me reconocerías, era bien flacuchento, tenía menos carne que un *wantán*. Creo que no era del gusto de las féminas en esa época, y ya estoy pensando seriamente que no soy del gusto de ninguna. Nunca ha venido una mujer y me ha dicho, «Leo, me gustas mucho».

Juan me mira perplejo, estoy seguro que no puede creer la conclusión a la que ha llegado, lo he dicho todo, sin revelarlo explícitamente.

—Changos —susurra estupefacto y totalmente incrédulo, ni yo mismo creo que estoy hablando de esto. Ambos vaciamos las botellas.

—Sí, changos —repito sarcásticamente levantando las cejas.

—Pero, ¿cómo es posible?

—No es por falta de ganas, solo es falta de oportunidades. —Me encojo de hombros, es cierto, he tenido la peor de las suertes con las mujeres.

—¿Y no has pensado en contratar los servicios de una profesional?

—No sabes cuantas veces se me ha cruzado por la cabeza, pero tan solo pensar en el «kilometraje» de la profesional, hace que me den ganas de permanecer invicto.

—Vaya, no puedes tener sexo con cualquiera.

—Es que lo mínimo seria conocer a la persona, para mí es un requisito básico. Por favor, te pido discreción, sé que le contarás a la Caro, ustedes no se guardan secretos. Pero te suplico que tú y ella no emprendan una cruzada para que empiece alguna relación con alguien, solo para «botar el diente de leche». Eso sucederá, cuando tenga que pasar.

—Sí, pierde cuidado que no lo haremos. Ya llegará el momento, solo espero que sea este siglo y que la mujer que sea la afortunada, te aprecie de verdad —expresa medio en broma, medio en serio.

—Ja-ja… gracias Juan. —Me levanto de mi asiento, me duele el cuerpo—. Bueno, ha sido un día agotador, me voy a mi casa.

—No, quédate, no hay drama, perrito, hay espacio de sobra acá.

—Mañana mi ropa olerá a muerto. No te preocupes que ya estoy mejor. De verdad, lo prefiero así.

—Ok, mañana nos vemos entonces —cede a regañadientes, no puede obligarme. No del todo.

—Hasta mañana… y gracias.

Salgo del edificio, ya es de noche y el aire está frío. Me siento mejor, me acabo de dar cuenta de que en realidad estaba muy solo, yo mismo he construido un muro para mantener a la gente que me quiere a una distancia prudente, y los amigos que tengo, los he subvalorado y nos los había dejado entrar de verdad. Realmente son lo mejor que me han pasado.

Un paso a la vez, hoy di como mil.

Y debo seguir avanzando.

Capítulo 6

Anoche llegué a mi casa agotadísimo, como si hubiera caminado desde la Comarca hasta Mordor en un día. Lancé lejos mis zapatos y me desplomé sobre mi cama, a los cinco segundos —creo que fueron cinco, porque a lo mejor fueron tres—, caí en coma profundo hasta las seis y media de la madrugada.

Como ya se me hizo costumbre despertar tan temprano, al igual que las últimas semanas, me levanté para ir al trabajo al alba. Pero hoy fue diferente, lo hice lleno de energía, y tuve un sueño reparador. Amanecí de muy buen humor y con el espíritu más liviano. Casi soy yo de nuevo.

Un paso a la vez.

Ya eran un cuarto para las nueve de la mañana cuando llegó Jesús a la oficina. Me saludó con su alegría de siempre y su eterno *mug* de café. Todos los días dice cosas graciosas, es muy ingeniosa, debería ser libretista de algún *stand up* o algo por el estilo, Juanin y Caro siempre se desternillan de la risa con sus comentarios. Las semanas anteriores andaba con un ánimo de perros, así que aunque fuera mega gracioso lo que dijera Jesús, solo me arrancaba una especie de sonrisa fantasma.

Al llegar a mi puesto de trabajo, ella se queda mirándome unos segundos, y se acerca a diez centímetros de mi rostro e inclina la cabeza.

—Pareces *zombie* rehabilitado.

—No sé si eso es un insulto o un halago, Jesús. Deberías practicar más tus habilidades blandas.

Ella ríe sonoramente, se sienta sobre mi escritorio de manera que queda un poco más alta que yo, es raro mirarla hacia arriba.

—Te ves mejor, antes eras un *zombie*, ahora ya no tanto, pero esas ojeras demoraran un tiempo en abandonar tu cara.

—Entonces es un halago. Estás loca, Jesús.

—Solo un poco.

Nos reímos, qué bien me hace reír, ella siempre tiene dibujada una sonrisa en su rostro, a menos que esté concentrada en algo. Me mira fijo, como si quisiera buscar un tema de conversación.

—Gracias —digo finalmente.

—¿Cómo? —pregunta desconcertada, realmente no entiende nada de nada.

—Por todo… Ayer Caro y Juan hablaron conmigo. Sé que tú estás detrás de ello… no sé qué te impulsó a hacerlo, pero se agradece.

—Ahhh, eso. No es nada —dice quitándole importancia—, lo hice porque de alguna manera me recordaste a mí misma. Y según lo que recuerdo de ese período, es que no era nada bueno para el alma estar así. —Se queda unos segundos en silencio, como si recordara de pronto esa época—. Pero eso ya pasó, y vivo día a día como si no hubiera un mañana, no doy nada por sentado en esta vida.

—¿Qué te pasó, Jesús? —Cuando formulo esa pregunta me doy cuenta de que lo he dicho en voz alta. ¡Torpe!, no quería ser tan metiche.

Ella me mira extraño, tal vez no se esperaba esa pregunta, dirige su vista a su *mug* de café y se pierde por unos momentos. Parpadea y suspira.

—Tú sabes que cuando pasa algo malo, uno tiende a no decir mucho y a encerrarse en sí mismo. Me di cuenta que haciendo lo contrario es más fácil llevar la carga, he contado tantas veces mi historia que ya perdí la cuenta. Cada vez que lo hago, me vuelvo un poco más inmune a todo lo que sucedió, por decirlo de alguna manera… en fin, es largo de contar y no quiero arruinarte la mañana.

—No pasa nada, he tenido días peores. No creo que me arruines el día si de esa manera ayudo a hacerte más inmune. Te lo debo. —Le sonrío y le guiño el ojo… mierda, ¿me han hecho una lobotomía mientras dormía?, ¡le estoy coqueteando a Jesús!

—¡Hola, hola a todos! —saluda Caro invadiendo la oficina como un torbellino—. Miren a quien tenemos aquí, «don» Leonardo. —Nos mira a los dos y sonríe—. ¿Cómo *estai*?

—Bien, bien —aseguro un poco incómodo, siento como si me hubieran pillado *in fraganti* haciendo alguna maldad.

—Qué bien, así te veo. ¿Y tú, Jesu?, ¿cómo estamos *pa'* mañana en la noche?

—Todo listo y dispuesto —responde Jesús saltando del escritorio y haciendo un saludo militar.

—¿Me perdí de algo? —pregunto totalmente intrigado de sus planes.

—Pues te has perdido de mucho, Leíto —contesta Carito—. Juanin, Jesús y yo tenemos un clan de *Call of duty…* podrías unírtenos así prestigiamos más rápido.

—¿Y desde cuando que le haces a los *shooter*, Caro?, creía que odiabas los juegos de guerra.

—Desde que nos enviciamos como tú. —Apunta con su dedo índice a Jesús, y con voz de pastor evangélico la acusa—. ¡Jesús, nos ha llevado por el mal camino!

—Ridícula, lo dices como yo fuera la hija del diablo. —Jesús le replica riendo, luego me mira entusiasmada—. ¿Quieres unirte Leonardo?, mañana nos juntamos en mi casa para jugar. Es más divertido hacerlo estando todos en un lugar físico.

Me contagia su emoción por el panorama, en realidad tiene razón, tiene más gracia jugar acompañado, y hace tiempo que necesito el contacto humano.

—Ya, me anoto, ¿cuál COD van a jugar?

—El *Ghost* para *PS4*… supongo que tienes una *PS4* —interroga Jesús sarcástica, solo quiere provocarme.

—Me insultas, tengo de la uno a la cuatro, ¿con quién crees que tratas, pequeña *hobbit*? —¡Ups! Se me escapó lo de *hobbit*.

—¿Cómo me dijiste?,¿*hobbit*? Qué eres mala onda Leonardo, si ya sé que soy pequeña, no necesito que me lo recuerdes, basta con ver tu metro ochenta todos los días —dice como si estuviera ofendida, pero no lo está, ella solo se divierte a costa mío.

—Metro setenta y siete —informo levantándome de mi silla—. No soy tan alto.

—Como sea, «torre Eiffel», ¿cachai, Caro, cómo se vanagloria de su tamaño?, pero apuesto que no todo debe ser grande en él.

Mierda está empezando a usar doble sentido, eso no es bueno para ella, no me resisto a jugar de esa manera. Irónico para una persona que no ha tenido sexo en su vida.

—Ahhh, no sé, señorita Montenegro, eso no es de su incumbencia —respondo en tono juguetón, ¿qué me pasa?, le estoy coqueteando de nuevo.

—Si tuvieras un auto seguramente podría sacar un proporcional inverso… ¿Tienes auto, o no?

—No, solo tomo locomoción colectiva.

—Te salvaste de ser juzgado por el tamaño de tu auto. ¿Cuánto calzas?

—Cuarenta y cuatro, ¿por qué lo preguntas? —Tarde para retractarme, acabo de recordar la relación que se supone que hay entre el tamaño del pie y el tamaño del pene.

—Ooooooh, te gastas el tremendo pedazo… de pie. —Y Jesús rompe en carcajadas.

Caro miraba muda nuestro intercambio verbal como si fuera un partido de tenis, estaba sorprendida y contenta. Yo también estaba contento, me reía y divertía como no lo hacía hace tiempo.

¡Señoras y señores!, Leonardo Apablaza ha revivido de entre los muertos. ¡Al fin!

El día avanzó rápido, hubo mucho trabajo, y casi ni pensé en Eva. En el fondo estoy decepcionado de ella, si bien ella no me ha confirmado personalmente que conocía la naturaleza de mis sentimientos, con el pasar de las horas, más me convenzo de que ella sí lo sabía. Es imposible no sospechar nada en todo este tiempo. No me cabe en la cabeza su ignorancia del tema.

También me parece extraña su desaparición, no he tenido ninguna novedad de su parte. Debo reconocer que la mayoría de las veces era yo quien iniciaba conversaciones y la invitaba a salir. Cuando ella me buscaba, era solo para obtener consuelo de algún quiebre amoroso, o para que yo le hiciera algún favor. Tan *estupidizado* estaba que no lo había notado. Ahora que he cortado los lazos de comunicación, ella no ha intentado nada, lo cual habla muy mal de su manera de ser, y me demuestra lo equivocado que estaba… ¡Soy un imbécil elevado a mil!

Capítulo 7

Quedamos de juntarnos el sábado a las diez de la noche en casa de Jesús. Me dieron las coordenadas por *WhatsApp* y llegué puntual con mi consola, un pack de cervezas y algo para picotear. Toqué el timbre de la reja de su casa y ella emergió de la puerta de entrada. Se veía diferente, no sé si era la ropa, o si se había peinado de otra manera, o si se hizo alguna cirugía *express* en la cara, pero sin duda se veía muy, muy bonita.

Al verme sonrió y se acercó para abrirme el portón, me saludó de manera casual con un beso en la mejilla y me invitó a entrar.

—¿Te costó mucho dar con la dirección? —pregunta con interés mientras entramos al interior de su casa.

—No, para nada, de hecho vives relativamente cerca mío. Conozco la zona.

—¿En serio?, ¿dónde vives tú?

—En la villa Los Pensamientos. —Dejo las bolsas con mis bebestibles y comestibles encima de la mesa del comedor para que no me estorben.

—Ahhhhhh, estás al lado prácticamente. ¿Quieres algo para tomar?

—Sí, claro. De todos modos, traje unas *chelas* y algo para comer por si nos quedamos cortos.

—Ahhh qué bueno, tengo para ofrecerte, cerveza, ron, pisco, vodka, whisky, piña colada, pisco *sour*, mango *sour* y Coca-Cola. —Me enumera una interminable lista de alcoholes —bueno, la Coca-Cola no es un *copete* propiamente tal, pero sirve para combinar—. Es una pequeña borracha, no creo que los coleccione.

—¿Qué onda, Jesús?, ¿eres alcohólica o tienes una botillería? —interrogo medio en broma, medio en serio, ella no aparenta ser de las que se caen al pozo de los destilados o fermentados, pero capaz que «chupe más que orilla de playa».

—Mi papá tenía una... ahora no, el negocio lo administra mi tío.

—¿Y tu papá se jubiló?

—No, falleció hace tres años.

—Lo lamento... perdón, no lo sabía. —Me golpeo mentalmente soy un idiota insensible, ¡estúpidoooooo!

—No tenías por qué saberlo. Un día asaltaron la botillería y le dispararon, por eso mismo no he vuelto a ese local, ni quiero trabajar en él. Mi tío lo administra por mí y mis hermanas, ya que heredamos el negocio. Él suele abastecerme cuando me visita, así que tengo mi propio mini bar. Gracias a Caro y a Juanin ya no acumulo tantas botellas —realata con un poco de tristeza, se nota en su mirada, pero rápidamente vuelve a ser ella misma—. Y bueno, ¿qué vas a beber?

—Una cerveza estaría súper para empezar.

«*Con un poco de veneno por favor, a ver si muriéndome se me quita lo tarado*».

—¿Corona, Sol, Budweiser, Heineken, Kunstmann, Estrella de Barcelona? —Vuelve a enumerar todo lo que tiene, debe ser la envidia de un *cabro* de diecisiete años, tiene alcohol en cantidades industriales.

—La que tú quieras darme, lo que elijas estará bien.

—Ok, voy y vuelvo.

Miro a mi alrededor, la casa es cálida y acogedora y no me hace sentir incómodo. Me quedo pegado viendo una foto de ella con su papá cuando era niña, se parecían mucho físicamente, ella se ve feliz al lado de él. Tal como lo es hoy.

Sin darme cuenta, vuelve Jesús con una botella de Kunstmann y me sorprende fisgoneando sus fotos. Mi cara se calienta, me siento como vieja intrusa, pero es que todo en ella me provoca curiosidad de saber más.

Definitivamente me está «entrando agua en la azotea», no reconozco esta faceta mía tan *copuchenta*.

—Te ves contenta en esa foto —comento para salir del paso.

—Lo estaba, él, era el mejor. Hizo todo lo posible por ser un buen papá y mamá al mismo tiempo. Yo adoraba a mi viejo. —Se sienta como indio en el sillón que está al lado mío y me entrega la cerveza.

—Debió ser un súper hombre, imagino que no fue fácil criarlas solo a ti y tus hermanas. —Tomo un trago de la botella, será imposible beber lento, está buenísima esta *chela*.

—Sí, pero lo hizo genial, mi mamá falleció cuando tenía un año. No recuerdo nada de ella... sé que me amó con toda su alma y con eso me basta.

—¿La muerte de tu papá fue tu época negra? —No puedo evitar preguntarle, ella me dejó intrigado ayer en la mañana, y parece estar de ánimo para conversar.

—Fue el comienzo de una serie de eventos muy desafortunados. —Suspira y mira el cielo raso como si estuviera haciendo memoria—. En aquel entonces salía con un compañero de instituto. Nos queríamos mucho, al menos eso era lo que yo pensaba, llevábamos *pololeando* un año... un día, fui al baño y no había papel higiénico, así que entré al de hombres para sacar de ahí. Siempre tienen papel, ustedes solo la sacuden. —Ríe de su ocurrencia, yo también lo hago—. El asunto es que entraron dos hombres y me escondí en un cubículo, por la vergüenza. Ellos conversaban, no recuerdo qué, pero reconocí la voz de quien era mi *pololo*… luego escuche besos y gemidos. Abrí la puerta y descubrí que él era homosexual y que me engañaba con el tipo que hacia las ayudantías.

—¡Dios, qué *hueón* más maricón! —Literalmente—, te estaba usando de pantalla. —Estoy anonadado, pobre Jesús… mierda ya quisiera estrangular con mis propias manos a ese *conchesumadre* infeliz.

—No era una pantalla muy grande para esconder tanta homosexualidad. —Ella se ríe de sí misma, aún no entiendo esa capacidad que tiene de tomarse todo con humor, uno muy negro, debo añadir—. Cuando los vi, salí corriendo de aquel lugar, estaba histérica. Corrí, corrí y corrí… y luego no recuerdo más, desperté dos meses después en un hospital. Me dijeron que me habían atropellado y estuve a punto de morir, en realidad, no recuerdo nada. Estuve en coma inducido para recuperarme sin tanto dolor.

Jesús me cuenta todo como si todo eso no le hubiera ocurrido a ella, como que se pone en piloto automático para relatar lo sucedido, yo *cacho* que hace eso para bloquear ese período doloroso. Yo ya me habría pegado un tiro en la cabeza, ella es una mujer muy fuerte y valiente. La admiro por ello.

—Yo no habría aguantado ni la mitad, Jesús. Eres una sobreviviente, ¿y qué pasó después?

—Bueno al pastel nunca más lo vi. Después de ello, vino la rehabilitación, y junto con ella, la *depre*, y pensaba solo cosas malas que me hacían daño. Ya no tenía ganas de estar en este puto mundo. Estuve mucho tiempo así, al filo de la autodestrucción. Finalmente, un día me di cuenta de que soy demasiado cobarde para suicidarme, y que en realidad debía hacer algo provechoso con el regalo que me dieron mis padres. Decidí ser feliz todos los días de mi vida, el mañana no existe, solo el hoy. Por eso no me caliento la cabeza con *huevadas* que no valen la pena.

Ya veo porque ella es así, siempre alegre y de buen humor, ya tuvo su cuota de experiencias *pencas* y desastrosas para toda su vida. Ella ha tomado el camino de estar agradecida de la vida y eso es admirable. Jesús es una mujer que tiene sus ovarios bien puestos. No todo el mundo reacciona de esa manera. Eva por ejemplo, ella no lo resistiría. Si a ella le hubiera pasado lo mismo, no hubiera podido salir sola porque es débil, y necesita apoyarse constantemente en alguien.

Nos quedamos un momento en silencio, el cual es interrumpido por el sonido insistente del celular de Jesús. Ella mira quien llama y pone una cara interrogante.

—Aló, ¿Juanin?... Sí, ya está aquí, ¿ustedes ya vienen en camino?... ¿Cómo que la Caro perdió las llaves de su departamento?... *Pucha*, pero conéctense desde allá entonces… Ya, en un rato nos enchufamos nosotros… no, no hay problema… ¿Buscaron en el baño?, la otra vez estaban ahí… Bueno, para la otra será… Ok, adiosin.

—No me digas que no va a venir el parcito. —Me huele a que Caro perdió sus llaves a propósito, es una comadreja maquiavélica.

—Nop, bueno, ya escuchaste, seremos tu y yo acá, y Caro y Juanin allá. No es tan malo después de todo.

—No, no es tan malo. —El lunes voy a colgar a ese par de infelices, ¿acaso creen que nací ayer? Me las van a tener que pagar con sangre.

Capítulo 8

El sol está radiante esta mañana, los pajaritos trinan como un coro celestial, la cama está tibia y asquerosamente cómoda, ojalá pudiera disfrutar de esta escena tan encantadora, pero no puedo. No, no puedo porque ¡Este puuuuuto dolor de cabeza, no me permite seguir durmiendo!

—Mi cabeza va a reventar, maldito hachazo que tengo —rezongo con la boca reseca.

—¿Estás bien? —pregunta Jesu con voz somnolienta.

Mi dolor de cabeza hace que procese todo más lento. Abro mis ojos, y miro hacia mi derecha, ahí está ella, acostada al lado mío, con cara de sueño, el pelo totalmente revuelto y vestida con mi camisa.

«¿Qué mierda hice anoche?, ¡es imposible!».

Me toco mis partes y descubro que tengo mi erección matutina habitual pero estoy con ropa interior. Si hubiera tenido relaciones sexuales, estaría en pelotas, no con los boxers puestos, y probablemente Jesu estaría en las mismas condiciones.

—No recuerdo como llegué a la cama —digo para tratar de hacer memoria, o que me ayuden a que vuelva.

—No fue fácil, pero llegamos. —Jesu ríe, parece que la resaca solo la tengo yo.

—¿Por qué tienes puesta mi camisa?

—Porque no uso pijama, y no podía dormir sin ropa al lado tuyo. Me iba a poner ropa deportiva, pero amablemente insististe en que usara tu camisa, y como todo un caballero, me hiciste el favor de levantar tus caderas para poder quitarte el pantalón.

—Perdona, no quise… No sé cómo mierda me emborraché tanto, no suelo hacerlo.

—Es que perdiste muchas veces, recuerda que soy tu némesis.

¿Han visto alguna vez *Matrix*?, ¿se acuerdan la parte en que enchufan a Neo y le enseñan artes marciales? Algo parecido me pasó, pero en vez de aprender *jiu jitsu*, me vinieron casi todos los recuerdos de la noche anterior.

Todo un bombazo de información.

Primero, recuerdo que efectivamente Jesu es mi némesis en *Call of duty*, ella es el imbatible DarthJC, de hecho, me piqué y aposté que cada uno tomara un corto de ron por cada partida perdida. El resultado fue veinte a cero a favor de Jesu.

A medida que me emborrachaba, comenzaba a transformarme en el «ebrio sentimental», y básicamente le conté toda mi vida y obra a Jesu. Mierda, no me guardé nada, aunque debo admitir que hablar con ella, fue algo reconfortante, Jesu tiene algo especial, me siento cómodo, relajado y aceptado tal como soy cuando estoy con ella… me gusta estar con ella. Bueno, en mi estado de embriaguez me sentía así, ahora…

—Veo que ya hiciste memoria, Leo. Vamos a desayunar y a tratar de quitarte ese bendito dolor de cabeza.

Jesu se levanta como si nada. Mi camisa le queda como vestido muy corto, demasiado para mi sanidad mental, y se le ven las piernas en toda su longitud. Son bonitas, bien proporcionadas, tal como pensé la primera vez que la vi, es bajita pero tiene bonito cuerpo.

Necesito una ducha fría, esta cosa que tengo entre las piernas no es solo una erección matutina.

Velozmente me pongo los pantalones y mis zapatos, salgo del dormitorio de Jesu y voy tras ella. Entro al living, y veo las botellas vacías de cerveza, de ron, los controles de las consolas en el suelo, las sobras del picoteo que traje, pañuelos desechables usados —ahora recuerdo que hubo un momento en que lloramos los dos juntos, me quiero matar—, el lugar parece zona de desastre.

¡Sí que hubo una fiesta aquí! ¡Descomunalmente apoteósica!

Jesu sale de la cocina con un vaso de agua extra grande y un par de pastillas, me las entrega, no me dice nada. Yo, sin cuestionar su silenciosa autoridad, me tomo lo que sea que me haya dado con el agua hasta dejar el vaso vacío.

—Así mismito te tomabas el ron, Leo, así mismito.

—Jesu, por favor no me sigas recordando lo de anoche.

—Pero si anoche lo pasé muy bien contigo, no sé qué es tan terrible.

—¿No sabes qué es tan terrible? ¿No te da miedo que yo tenga personalidad múltiple cuando bebo de más?

—Ay, no exageres, tu «ebrio sentimental» es adorable y mucho más accesible que tu «yo sobrio». Después de lo de anoche, ¿somos amigos o no somos amigos?

Me quedo unos segundos pensando, ¿somos amigos o no somos amigos? Estoy desconcertado por la pregunta, si la hubiera hecho en otras circunstancias probablemente le hubiera dicho que sí sin vacilar, pero ahora...

No sé, no es que no confíe en ella o que dude de sus buenas intenciones, es que no quiero tener amigas, no quiero tentar a la suerte de que me vuelva a ocurrir la misma tontera que con Eva… oh, oh… mierda.

Me gusta la *hobbit*…

¿En qué momento pasó esta *huevada*?

No tengo la más mínima puta idea, lo único que sé, es que no puedo responder ahora la inocente y simple pregunta de Jesu. Mejor intentaré una táctica evasiva.

—Elije la respuesta que quieras *hobbit*, en este instante no puedo sumar ni siquiera uno más uno. Se me parte el cráneo del dolor. —En parte es verdad, no quiero ni pensar ahora.

—Que conste que te di la oportunidad de contestar, tus estrategias evasivas ya no funcionan conmigo. Atente a las consecuencias, Leo.

—¿Qué? —¿A qué se refiere con todo eso?, ¿está hablando en serio?

—No voy a repetir lo que dije, solo una vez para los inteligentes y sobrios.

—Jesu, ahorita mismo no soy ni lo uno, ni lo otro. Mejor me voy para mi casa, dormiré la mona allá.

—¿No desayunarás?

—Tengo el estómago revuelto, y ya hice mi cuota de espectáculos por hoy. Tomaré un taxi.

—Ok, como quieras, después no digas que soy una mala anfitriona. Dame unos minutos, te devolveré tu camisa.

Jesu entra a su dormitorio, y mientras tanto, yo recojo mis cosas. No sé qué pensar de todo esto, estoy súper enredado y no se para dónde va el tren. Tengo lagunas mentales, y no recuerdo al cien por ciento todo lo que sucedió anoche. Me carga no tener toda la información para sacar conclusiones.

Al cabo de cinco minutos, vuelve Jesu con mi camisa, me la pongo y aún está tibia por el contacto con el cuerpo de ella, hasta huele raro, o sea, no es que sea desagradable, solo que no huele a algo mío. Huele a ella y a mí.

«Y me gusta».

Estoy pensando estupideces, parece que aún no se va el «ebrio sentimental».

Capítulo 9

Lunes, nueve de la mañana.

Llego raudo a la oficina. Mis tres compañeros de trabajo ya están en lo suyo. Yo, tengo que ajustar cuentas con un par de traidores.

—Hola, Jesu, buenos días. —La saludo a ella primero, que no tiene culpa de nada.

—Hola, Leo, ¿amaneciste mejor?

—Sí, mucho mejor, gracias. —Dirijo mi mirada al par de conspiradores—. Tú y tú, reunión urgente. —Apunto con el dedo a Carolina y a Juan, quienes me miran atónitos.

—¿Dónde? —me preguntan al unísono los dos extrañados.

—En la «sala de reuniones», ¿dónde más? —No tenemos tal sala, le decimos así a la cocina, un pequeño lugar donde hay un microondas, una mesa y un par de sillas para poder almorzar cuando traes tu comida de casa.

Salgo de la oficina a paso veloz, directo a la cocina y los espero, cuando entran, cierro la puerta con pestillo.

—Ustedes dos me van a explicar el numerito de «no encuentro las llaves de mi departamento» —exijo duramente.

Carolina y Juan se miran boquiabiertos como si tuvieran amnesia y no entendieran un carajo.

—No se hagan los tarados, ¿creen que no me di cuenta de que me quieren «hacer gancho» con la *hobbit*? —interpelo molesto.

—Hacen linda pareja —replica ella encogiéndose de hombros, Juan la mira como si le estuviera reprochando—. ¿¡Qué!?, si es verdad... oye, no te me pongas dramático, Leo, de partida, sí se me perdieron las llaves, eso es cierto.

—De eso puedo dar fe, perrito —afirma Juan serio—. Estuvimos todo el maldito fin de semana encerrados en el departamento de la Carito, las llaves estaban adentro de un zapato.

—¿Cómo mierda pueden llegar unas llaves adentro de un zapato? —Es increíble la excusa, me cuesta dar crédito a lo que me dicen.

—No sé, pregúntale a mi estúpido perro, desde que cambie el llavero, ese can lo usa de juguete. ¡Está asqueroso con sus babas!, ¿o quieres que le haga un test de ADN para demostrarte que el perro mordió la *huevada* de llavero? —Caro está molesta de que dude de su palabra, comienza a ser grosera.

—Cálmate, Carito. Leo, supongo que ya te quedo claro que no fue a propósito, te di mi palabra la otra vez, nosotros no vamos a propiciar nada. ¿Qué te pasa? Estás paranoico.

—Ahhhhhh, no sé. No tengo puta idea. —Me revuelvo el pelo frustrado y ofuscado conmigo mismo.

En ese instante golpean la puerta tímidamente.

—Leo, don Héctor te llama —avisa Jesu del otro lado—, dijo que fueras a su oficina.

—Ya voy, Jesu, dile que estoy allá en cinco minutos por favor —respondo a través de la puerta con suavidad, veo a Juanin y a Caro que se me quedan mirando como si me hubiera salido una espinilla en la frente del tamaño de Saturno—. ¿Qué me miran?, ¿tengo monos en la cara?

—Nooooooo —contestan al unísono.

—Leo, ¿qué te pasa?, ¿por qué estás tan a la defensiva? —pregunta Juanin—, ¿pasó algo el sábado?, hubo un momento en que ustedes se desconectaron y ya no volvieron.

—Si pudiera recordar todo, probablemente no estaría así. Estaba totalmente ebrio, no sé ni por dónde empezar.

—Ustedes dos se acostaron —dice Caro afirmando, no preguntando, es una bruja, ¿cómo pudo adivinarlo?

—Sí, no le veo problema a…

—¡¡¡¿Queeeeeeeé?!!! —Estos dos no me dejan terminar, ya se pasaron la película porno.

—¡Nooooo!, no es lo que piensan. Dormimos, solo dormimos juntos, no recuerdo ni cómo llegué a la cama, pero estoy seguro que no pasó nada.

—No pasó nada de nada, según tú, ¿te das cuenta que le dices Jesu y no Jesús? —pregunta Caro con un tono inquisidor.

—¿Y cuál es el punto? —Mejor me hago el *hueón*, que ultimamente me sale demasiado bien, pero no tanto como para no saber a donde ella quiere dirigir esta traumática conversación-interrogatorio.

—El punto es que nunca las has llamado de esa manera, y le hablas diferente. Y ella te dice Leo, y siempre te ha llamado Leonardo. Algo sucedió entre ustedes el sábado que súbitamente están tan cercanos. Tengo ojos, oídos y mi sentido arácnido no me traiciona.

¿Por qué siempre esta mujer intenta acorralarme? Y lo peor es que últimamente logra su objetivo, me presiona, me presiona y me presiona, hasta que canto como Plácido Domingo.

—¿Saben qué? Resulta, que me empezó a gustar la *hobbit*. —Ya, ahí está, lo suelto, me aburrí de ser don «me guardo toda la *huevada* hasta que se pudra»—. Y no tengo idea de cómo sucedió, ni siquiera lo entiendo yo, y no creo que ustedes tengan las respuestas. Me voy, Héctor me llama.

Abro la puerta, y abandono la «sala de reuniones». Busco a Jesu con la mirada, ella me mira al mismo tiempo que la encuentro y me sonríe, yo también lo hago espontáneamente. Siento como si tuviera diecisiete de nuevo, ¿y si le digo que me gusta?, ¿me rechazará con crueldad?, ¿me dirá «te quiero como amigo»? Estoy *chato* de esta situación, estoy harto de ser apto solo para la amistad y nada más.

Yo quiero más. Mucho más, ¿es demasiado pedir que le guste a alguien lo suficiente para que tenga una relación conmigo? Soy igual que el resto del mundo, ¿qué mierda me hace diferente para no poder tener a alguien a mi lado?

Mejor termino de divagar, me voy a deprimir si me sigo haciendo preguntas sin respuesta. Voy a ver que quiere Héctor, y me dirijo rápidamente a su oficina, le pregunto a Rosita si está disponible, y ella me hace pasar. Mi jefe está serio en frente de su computador escribiendo, en cuanto levanta la vista sonríe.

—Espera un poco, Leonardo, que ya te atiendo

Me siento en frente de él y espero, ¿qué querrá ahora? Héctor termina de escribir, y me mira con interés.

—Buen día, Leonardo, voy a ir al grano porque tengo una reunión en diez minutos.

—No hay problema, ¿qué necesitas saber?

—Ya han pasado un poco más de dos meses desde que la señorita Jesús Montenegro ha estado haciendo la práctica bajo tu supervisión. Necesito saber tu evaluación para determinar si su continuidad será indefinida. Ella terminará su práctica en tres semanas.

¿Solo le quedan tres semanas? Yo pensé que iba a ser por más tiempo, en fin, le respondo a Héctor con total sinceridad.

—La señorita Jesús ha sido la mejor practicante que he tenido bajo mi supervisión, es proactiva, si no sabe algo lo pregunta, no deja nada al azar, es meticulosa, y no le hace asco a ningún trabajo que se le asigne. Aprende con rapidez y se lleva muy bien con sus compañeros de trabajo.

—Uffff, es toda una súper mujer, ¿y tienes algo que comentar sobre sus puntos negativos?

—No le he visto puntos bajos. —Solo ella que es físicamente minúscula, pero el porte no influye en su profesionalismo y talento.

—Pero algo malo debe tener —insiste con curiosidad Héctor, de verdad está incrédulo de que una mujer haya superado una práctica conmigo.

—En estos dos meses no ha demostrado nada negativo. Profesionalmente su desempeño ha sido impecable, tal vez es demasiado perfeccionista y no se detiene hasta tener todo como ella quiere —respondo tratando de buscar algo malo en ella.

—¿Y a nivel más personal?

—Tiende a distraer a sus compañeros de trabajo con sus chistes y bromas. —Eso es cierto, a veces pasan hasta diez minutos sin parar de reír por alguna tontera de ella.

—Te ha caído del cielo esta niña, se nota que tiene buena mano, y se refleja en que su trabajo como equipo ha mejorado mucho, los reclamos e incidencias han bajado y eso se agradece. Mientras menos sepamos algo de un cliente mejor es la cosa. Ahora, vas a tener que preguntarle a Jesús si al terminar la práctica se va a quedar o no. Necesito esa respuesta el viernes para saber si tendremos que buscar a otro practicante.

—No hay problema, yo te comento apenas tenga una respuesta. ¿Eso es todo?

—No, tengo una pregunta más.

—¿Cuál sería?

—¿Hiciste dieta? Es que estás ultra flaco y mi señora quiere que baje de peso, ¿qué hiciste para adelgazar tan rápido?

Estuve tentado de decirle que estuve un tiempo con el corazón hecho pedazos, pero mejor le digo algo más práctico.

—Solo cerré la boca. —Y me encojo de hombros.

—Eso mismo me dice mi mujer. Ya, me voy a reunión y averíguame si esta niña se quedará o no.

—Pierde cuidado, que te vaya bien.

Salimos juntos de la oficina y tomamos caminos opuestos.

Tres semanas… le quedan tres semanas de práctica a la Jesu, y no quiero que se vaya. Tengo que preguntarle hoy, ahora, ¡ya!

Capítulo 10

Cuando vuelvo a la oficina, me encuentro con la misma escena de los últimos dos meses, Juanin y Caro muertos de la risa por algo que dijo o hizo la Jesu. Si ella decide irse, este lugar no volverá a ser el mismo y la echaré de menos, su presencia cambia el ambiente al instante.

A la hora del almuerzo, espero a que todos salgan a comer. Jesu siempre es la última en salir, así que aprovecharé la oportunidad de invitarla a almorzar sin testigos. Me levanto de mi escritorio, e intentando ser natural, me acerco a ella que está arrodillada en el suelo terminando de instalar unos cables nuevos.

—Jesu, tengo que conversar un par de cosas contigo —digo mientras me agacho para estar a su altura.

—¿Laborales o personales? —pregunta sin mirarme, está concentrada en su labor.

—Laborales, principalmente. —Aunque el último tiempo, terminamos por hablar cosas personales también —. Almorcemos juntos, yo invito.

—Ya, súper. Pero primero. —Comienza a forcejear una tapa de canaleta de cables de red—… esta… cosa… no… quiere… entrar… necesito… algo… duro… para… meterla.

Mi mente de alcantarilla, a pesar de que ella claramente estaba hablando de los cables en la canaleta, se fue por pensamientos más vulgares, y no pude evitar hacer la broma correspondiente.

—¿De verdad necesitas algo duro? —digo mientras estallo de la risa. No puedo evitarlo, es como acto reflejo hablar en triple sentido.

—Sí, algo duro para… —Se queda callada y me mira un poco agitada por hacer un poco de fuerza, y se ríe de sí misma.

—La dejaste rebotando —digo todavía riendo—. Tú sabes que debes decir oraciones completas si no quieres ser totalmente mal interpretada.

—¡Changos, Leo!, a veces se me olvida que en esta oficina tengo que decir «oraciones completas», eres muy peligroso, me cagaste.

—¿Terminaste con eso ya? —La veo complicada, y la presiono para ver si ya se rinde.

—Aún necesito algo duro para meterla. —Ríe, quiere seguir jugando la muy pilluela.

—Yo te ayudo. —Me ofrezco, quiero que salgamos a comer ahora.

—¿Me vas a dar algo duro? —Y dele con el cuádruple sentido. Mejor corto por lo sano antes de pasarme algún rollo triple equis.

—Nop, yo voy a meter esos cables. —Me arrodillo al lado de ella—, ¿puedes apartarte de aquí?, ¿o quieres que te meta adentro de la canaleta?

—Pesado, mala onda y abusivo —rezonga y se cruza de brazos haciéndose la enojada.

—Es lo que hay. —Empujo la tapa haciendo no mucha fuerza y se acopla con facilidad, la Jesu es muy pequeña para estas tareas y ni se queja, debería pedir ayuda, pero a veces es tan «soy la señorita autosuficiente», que se le olvida que uno puede hacer tareas que impliquen algún esfuerzo físico—. Listo, y para la otra no te esfuerces de más, no quiero que te salga una hernia por hacer una mala fuerza.

—Ya, pero es que quería terminar esto antes de ir a almorzar.

—Nada de excusas, para la otra no hagas algo que requiera más fuerza de la que tienes y me avisas, ¿ok?

—Yaaaaa, vale, vale.

—Vamos a comer, que ya tengo fatiga.

Salimos juntos del edificio, y decido llevarla al «Ají Seco», no volvía a ese lugar desde aquel día en que Eva me contó lo de su repentino matrimonio, por coincidencia la única mesa libre y sin reservación es la misma de aquella vez. Qué lejano y distante me parece esa época, es cómo si hubieran pasado milenios.

El restaurant está lleno y los garzones parecen pulpos tratando de atender a todo el mundo y hacer ocho cosas a la vez. Nos entregan a la pasada un menú y comenzamos a ver que va a pedir cada uno.

—Jesu, pide lo que quieras, no te preocupes que yo invito.

—¿En serio quieres que te pida lo que quiera?, es una oferta muy tentadora —dice levantando las cejas.

—Ya empezaste a hablar en quíntuple sentido, después no te quejes.

—Es que es entretenido molestarte.

—No me molesta, para nada.

—Entonces, ¿cuál es la necesidad de contestar todo?

—Tal vez soy un pelín competitivo.

—Y también un muy mal perdedor —acota con suficiencia.

—¿Me vas a restregar toda la vida que me ganaste veinte a cero?

—¡Por supuesto!, y te voy a seguir ganando. —Sonríe y vuelve a mirar el menú—. Creo que voy a pedir ceviche.

—Buena elección, es muy rico el que preparan acá. Yo pediré el seco de vacuno.

Llamo al garzón y hacemos nuestro pedido. Estoy un poco ansioso por la respuesta que me tiene que dar la Jesu. De verdad quiero que se quede, tanto por el lado profesional como por el lado personal, ¿para qué negarlo, no?

—Leo, ¿qué asuntos laborales debes conversar conmigo? La curiosidad me está carcomiendo, ¿pasa algo malo?

—No, para nada, todo lo contrario. Tengo entendido que solo te quedan tres semanas de práctica, ¿verdad?

—Sí, de hecho ya estoy redactando el informe, cuando esté listo tendrás que firmarlo y llenar un formulario de evaluación. Con esa documentación se da por terminado mi proceso de práctica profesional.

—¿Qué tienes pensado hacer después?

—Sacar el título, tengo que presentar un proyecto de titulación.

—Qué bien. Hoy hablé con Héctor acerca de tu situación y me pidió mi evaluación para determinar tu continuidad laboral. Para serte sincero eres la primera mujer que supera una práctica bajo mi supervisión y lo has hecho súper bien. Por lo tanto, será un placer trabajar contigo si decides quedarte con nosotros de manera indefinida. Lógicamente, tu sueldo aumentará y pasarás a ser trabajador de planta, con todos los beneficios. Esos detalles escabrosos te los dará Héctor, si es que decides firmar contrato.

—¿En serio?, changos, pensé que don Héctor me estaba *engrupiendo* con el tema de obtener el trabajo si lograba terminar mi práctica. Casi todos prometen eso y nunca cumplen. Ahora entre nos, él me dijo que era tú eras un poco complicado, porque ninguna mujer ha durado más de un mes bajo tus órdenes.

—¿Ah sí? —Cómo me hace mala publicidad, Héctor me dejó como «chaleco de mono»—. Bueno eso es verdad, en parte, porque las pocas señoritas que venían a hacer la práctica eran inoperantes y no tenían idea de nada, era como si hubieran ido al instituto a solo calentar el asiento. A veces, también pasaba que simplemente se daban cuenta de que no les gustaba el trabajo. Tú has sido todo lo contrario, de verdad, has superado con creces todas mis expectativas.

—Qué bien, me gusta que te guste mi trabajo —expresa contenta.

«No solo tu trabajo, hobbit, no solo tu trabajo».

—Al principio pensé que serias un ogro misógino, y que me harías la vida a cuadritos, pero rápidamente me di cuenta de que en el fondo eres suave como una motita de algodón, siempre y cuando se hagan bien las cosas.

—Entonces, ¿qué me dices, vas a continuar *laburando* con nosotros?

—Pues, esa pregunta, no se pregunta. Claro que sí, me quedo.

—¡Excelente! —Recién en este instante, puedo estar totalmente relajado y me vuelve el alma al cuerpo. Estuve tenso todo el día por su respuesta, y ni siquiera había notado lo duro que estaban los músculos de mi cuello. ¿Y ahora, qué?...

Un paso a la vez.

Seguimos almorzando tranquilamente, bromeando, conversando, riendo. Lo paso muy bien con ella, es diferente a cualquier mujer que haya conocido antes, tiene algo que no logro descifrar a ciencia cierta y que me tiene pendiente de ella todo el rato, probablemente por eso me gusta tanto.

—Hola, Leo, ¿cómo estás?

Esa voz... Eva.

Miro a Jesu y ella está seria, su sonrisa ha desaparecido por completo, qué raro verla así, no me gusta. Me giro para ver a Eva y ella no está sola, un hombre la acompaña.

—Hola... bien. —Intento hablar algo más sustancial, pero la verdad es que no tengo ganas de verla ni de hablarle.

—Qué bueno —dice un poco descolocada, dirige su mirada a Jesu—. Hola... ehhh... ¿cómo te llamabas? —Eva saluda dudosa a Jesu, asumo que está un tanto perpleja porque estoy almorzando en un restaurant con una mujer. De hecho, nunca me vio con otra, aparte de ella misma.

—Jesús... hola. —Está muy, muy rara la Jesu, es como si le hubieran abierto la cabeza y le cruzaron los cables de la personalidad.

—Leo, te presento a Rodrigo, mi prometido. Rodrigo, él es Leonardo Apablaza, un amigo y ella es Jesús —dice con un tono frío e impersonal.

¿Un amigo? ¿Qué no se suponía que yo era su súper amigo del alma?, tantas veces que me decía que yo era su único apoyo, su *partner*, ¿y ahora solo soy un amigo a secas?, ¿de verdad es la misma Eva de la cual estaba enamorado? Ella cada vez me decepciona más cuando saca a relucir sus defectos.

—Hola, Leonardo, un gusto. Hola, Jesús, un gusto también —saluda Rodrigo con educación, y aparentemente Eva no rompe su patrón de elección de parejas, o sea, tiene a su lado un apuesto *macho-man* de gimnasio.

Jesu se queda mirando fijo al prometido de Eva, en sus ojos veo algo que no puedo identificar, y su rostro se ha descompuesto. Miro a Rodrigo y su rostro no demuestra ninguna emoción, nada.

De pronto siento la mano de Jesu sobre la mía, y me la aprieta, la miro a los ojos y no me gusta lo que veo. Algo pasa... no tengo idea, pero lo único que atino a hacer es pedir la cuenta para largarnos de ahí.

—Jesu, tenemos que irnos, olvidé que tenemos una reunión importante en quince minutos. —Invento una excusa, es imperativo salir de este lugar.

Ella solo asiente, está... Dios, no quiero verla así, me parte el alma. Es otra persona.

—Rodrigo, fue un gusto conocerte... Eva... ha sido bueno verte. Estamos en contacto.

Ellos se despiden, la situación ha sido más que incómoda, y se van a una de las mesas reservadas. Yo, como un autómata pago, doy la propina, tomo a Jesu de la mano, y me la llevo del restaurant. Está como si hubieran extraído el alma de su cuerpo. No hay ni un atisbo de su eterna sonrisa en sus labios, y sus ojos están apagados. Ésta no es la mujer alegre y divertida que yo conozco, ni siquiera es la quinta parte de lo que suele ser.

Una vez en la calle, caminamos de la mano a paso veloz, estoy buscando un lugar, algo relativamente tranquilo para poder averiguar qué es lo que le pasa. Busco y busco por dos cuadras y llego a una plaza, hay un asiento vacío bajo un árbol y nos sentamos. Ella hace todo por inercia, no opone resistencia, solo hace lo que yo hago.

Me giro hacia ella, sus ojos están vidriosos mirando hacia el frente, pero a la vez viendo la nada.

—Jesu, ¿qué te pasa?, mírame... Jesu, respóndeme por favor.

Ella me mira a los ojos, y en silencio empiezan a brotar lágrimas, solo salen, ella no solloza, no gime, su rostro no se contrae. Solo goterones gruesos emanan de sus ojos castaños. No sé qué hacer o decir, ella no habla nada.

Me desespero y finalmente lo único que hago es abrazarla, firmemente, que ella sepa que yo estoy aquí, que no me iré a ninguna parte hasta que vuelva a ser la misma de siempre.

—No pasa nada, estoy aquí. Jesu, dime que sucede. Por favor, quiero ver a la *hobbit* que yo conozco. —Le beso la cabeza, quiero consolarla, la quiero de regreso. ¡Puta que soy lerdo!, no sé qué hacer, me siento total y absolutamente impotente.

De pronto, siento que ella responde a mi abrazo, se aferra a mí, y estalla su llanto, tan triste, tan desgarrador. Le acaricio la espalda, intento transmitirle que puede contar conmigo.

Los minutos se vuelven infinitos, Jesu solo llora, la siento tan frágil, tan pequeña y perdida. Le beso la frente, intento que me mire, que sepa que soy yo quien está a su lado. Sus ojos se encuentran con los míos y comienza a bajar lentamente la intensidad de su llanto. Tengo la camisa mojada con sus lágrimas pero eso no importa, lo único que me interesa es que Jesu esté tranquila.

—Rodrigo... El prometido de tu amiga... Él es mi ex *pololo* —dice de una manera apenas audible, pero más compuesta.

—¿El que te usó de pantalla?, ¡hijo de la grandísima puta que lo mal parió! —exclamo molesto, intento controlar mi tono de voz, pero estoy enojado. Así que ese fue el infeliz que le causó tanto daño a Jesu. ¡Quiero asesinar al desgraciado!

—Parece que no me reconoció... cuando estábamos juntos yo usaba mucho más maquillaje, tenía el pelo corto de color rosa, vestía de una manera estrafalaria, y usaba *piercings*.

Trato de imaginar a Jesu con esa descripción, y es un cuadro dantesco el que se me forma en la cabeza. Ahora si lo dice de esa manera, también creo que él no la reconoció y solo pensó en un alcance de nombre. De todas formas, eso no lo justifica, sigue siendo un vil gusano para mí, ese hombre no ha abandonado su costumbre de usar pantallas. ¿Acaso no es consiente del daño que puede causar?, ¿no tiene sangre en las venas?

—¿Me puedes decir por qué has reaccionado así? —Necesito entender todo esto, ¿ella todavía sentirá algo por ese imbécil?

—A Rodrigo no lo veía desde aquel día en que descubrí todo. Cuando desperté en el hospital, mi tío me entregó una carta de parte de él. No fui capaz de leerla hasta mucho tiempo después. En ella me pedía perdón, que lamentaba haberme utilizado, pero todo era para darle en el gusto a su padre, que básicamente es un hombre homofóbico y le ayudaba económicamente. Ahora veo que su situación no ha cambiado mucho. —Suspira entrecortado y se limpia la nariz con el puño de su *sweater*—. Me da lástima él y tu amiga.

—Eva... ya no sé si todavía es mi amiga... en este preciso momento es lo que menos me importa. Quiero entender todo, todavía no comprendo por qué estás tan triste. Pensé que habías dejado atrás todo eso.

—Leo, también pensé lo mismo, pero verle después de tres años fue como retroceder en el tiempo, y revivir en treinta segundos todo lo que sentí en aquella época, la muerte de mi papá, el engaño de Rodrigo, mi accidente, la depresión, mis intentos por desaparecer... fue demasiado duro volver a sentir todo eso de golpe. —Jesu traga saliva, intenta controlarse un poco, pero sus lágrimas no cesan y las seca bruscamente—. Gracias a todo eso saqué lo peor y lo mejor de mí, pero no era necesario revivir el calvario de esta manera. —Inhala profundo—. Después de todo, creo que ese capítulo de mi vida no lo había cerrado por completo.

Nos quedamos en silencio, yo no sé qué decir en una situación así, soy un soberano inútil, solo la tengo abrazada y le sigo acariciando su espalda. La siento tan chiquita, más de lo que es en realidad.

Lentamente su respiración se regulariza, y noto que su cuerpo comienza a relajarse, da unos suspiros largos y profundos.

—¿Ya estás mejor? —pregunto, solo espero que me diga que sí, no quiero verla triste nunca más.

—Sí, mucho mejor… gracias, Leo. —Se le nota en su cara que está más repuesta, y eso es un pequeño triunfo para mí—. Puede que no me creas, pero gracias, eres un hombre magnífico.

«Si supieras, Jesu, cuantas veces Eva me dijo eso mismo… me reservo el derecho a creerme el cuento».

—No lo digas en voz alta, es un secreto y nadie debe saberlo —digo medio en broma, medio en serio, espero que deje de lado los halagos, no son necesarios.

—Prometo que nadie se enterará… ¿puedo decirte algo?, pero júrame que no te enojarás.

—Mmmmmm, no sé por qué siempre las personas preguntan eso, si lo van a decir igual. Bueno, dime, soy todo oídos.

Jesu esboza una pequeña sonrisa, luego se pone seria y pellizca el puente de su nariz, ¿está nerviosa?

—Leo, Eva es una mujer que no merece tu amor… sé que es fácil decirlo, pero intenta dejar eso atrás. No confío en ella.

—Lo sé… no te preocupes. —Ella me mira sorprendida, yo le sonrío. Es verdad lo que le digo, sé que Eva no merece nada de mí—. Estoy avanzando, aunque a veces no se note… es más fácil seguir adelante cuando ya no tienes una venda en los ojos. Y ahora veo cosas que antes eran invisibles para mí.

Jesu se me queda mirando fijo, y sonríe, una amplia curva se dibuja en sus labios.

—No sé si estoy hablando con tu «yo sobrio», o el «ebrio sentimental», casi ni tomaste pisco *sour*. —Ya está empezando a bromear, es una buena señal. Una muy buena señal.

—Pesada, estoy bastante sobrio. Solo que contigo me siento cómodo y relajado. Además, sería un hipócrita si intento mentirte en cosas que ya te he contado estando ebrio. Como dice el refrán, «los niños y los borrachos»…

—«Siempre dicen la verdad».

Creo que Jesu ya superó éste desagradable episodio, tiene su pequeña nariz colorada por el llanto, pero ya su semblante comienza a ser el de siempre. Es un alivio verla así, por unos instantes temí que no volvería a ver su sonrisa. Me dio miedo que la tristeza se instalara de nuevo en su vida. Ella no lo merece, ella lucha todos los días por ser feliz.

Volvimos a quedar en silencio, en todo este rato no la he soltado. Estamos unidos en un abrazo confortable y tranquilo.

—¿Le vas a contar a Eva? —pregunta de repente, interrumpiendo el silencio.

—Supongo que sí. Ella habrá actuado mal conmigo, pero no merece que sea engañada de esa manera.

—Yo también pienso lo mismo.

Silencio nuevamente. ¡Qué tranquilidad!, podría estar así todo el día.

Tengo que hablar con Eva, tal vez será la última vez que la vea. Es necesario, dejaré mi conciencia tranquila, y haré mi último acto en esta amistad, en la que siempre quise ser algo más y no tuve los cojones para hacer que la situación cambiara.

—Tenemos que volver a la oficina —dice Jesu, sin dejar de abrazarme.

—Sí… pero estoy tan tranquilo aquí, no quiero ir.

—Yo tampoco.

Cerré los ojos cinco segundos, ¿hace cuánto que no me sentía así? A decir verdad, nunca. ¡Qué agradable es estar de esta manera!

—¡Ajaaaaá!, ¡los pillamos chanchitos!

Siento la voz burlona de Caro, abro los ojos y la veo acompañada de Juanin quien está mirándonos sorprendido. Dirijo mi mirada a la Jesu y tiene la cara encendida de un rojo intenso.

¡Mierda! Tal parece que hoy es el día de «hagamos pasar un mal rato a Leonardo y compañía».

Capítulo 11

—No es lo que ustedes piensan.

Fue lo primero que dije antes de que empezaran a imaginar cosas que no eran. Caro se nos quedó mirando fijo, incrédula, con los ojos entrecerrados e inmediatamente se da cuenta de Jesu estuvo llorando.

—¿Qué pasó?, ¿por qué está así la Jesu? —pregunta preocupada.

Nos quedamos unos segundos en silencio, Jesu y yo, nos miramos como diciendo «¿se lo cuentas tú, o se lo cuento yo?», finalmente ella asiente y me permite contar lo sucedido.

Comienzo a narrar detalladamente lo ocurrido, Juanin y Caro escuchan atentos y en silencio. A medida que iba avanzando con la historia, sus ojos comenzaron a desorbitarse, y cada cierto rato interrumpían con expresiones tales como, «no te puedo creer», «¿qué se cree esa mina?», «nooooo, ¡imposible!», «¡hijo de puta maricón!», entre otros improperios lanzados por parte de Carito.

Una vez que terminé de relatar los hechos —omitiendo el pequeño, minúsculo e insignificante detalle, de cómo he estado intentando consolar a Jesu—, todos nos quedamos en silencio.

—¿Estás bien, Jesu? —pregunta Carito preocupada para asegurarse que la situación está controlada.

—Sí, ya estoy mucho mejor, no te preocupes —confirma con una tímida sonrisa.

—¿Le vas a contar a Eva? —me pregunta Juanin.

—Sí, pero no tengo ni la más remota idea de cómo abordar este tema.

—Esa mina será una *yegua* infeliz, pero tampoco merece casarse con un *hueón* que es un *gay* encubierto —declara Carito, después de todo no es tan despiadada como aparenta.

Todos coincidimos en eso, lo que me complica es cómo contárselo. No es fácil llegar y decirle, «hola Eva, ¿sabías que tu prometido es homosexual, y te está usando de pantalla?». No, definitivamente no es sencillo. Sin embargo, no puedo perder el tiempo, ni quedarme de brazos cruzados, quiero quitarme todo este peso de encima, y terminar de una buena vez.

El resto del día fue extraño. Estábamos en silencio, pensativos. Cada uno estaba metido en su propio mundo. Miro a Jesu, está concentrada contestando un mail, probablemente de soporte técnico. Caro pelea consigo misma configurando un servidor. Juanin cambia unos discos duros en mal estado. Yo, miro el celular indeciso, ¿la llamo?, ¿le envío un correo, o tal vez un mensaje de *WhatsApp*? Tengo tres opciones más o menos decentes, lo echaré a la suerte.

—Jesu, dime un número del uno al tres.

—Uno —contesta sin despegar la vista de la pantalla.

¡Mierda! Me cagó. Ok, llamaré a Eva.

Inspiro oxígeno profundamente, para infundirme algo de valor. Busco su nombre entre mis contactos y llamo.

Un tono, dos tonos, tres tonos…

—¿Aló? —Escucho su voz del otro lado de la línea.

—Hola, Eva, soy yo… Leonardo.

—Hola, Leo, ¿cómo estás?

—Bien… ¿y tú?

—Súper, casi ni tengo tiempo por lo del matrimonio, ¡ufff, organizar todo es realmente agotador!

—Me lo imagino… oye, Eva, ¿puedo pasar a tu departamento esta tarde, para verte unos minutos?

—Claro, voy a estar ahí desde las seis.

—Ok, nos vemos más rato… cuídate.

—¡*Bye*!

¡Listo!, no fue tan terrible hablar con ella después de todo. Miro a mi alrededor y sorprendo al trio pendiente de mi conversación. Se hacen los locos y hacen como que trabajan. ¡Tropa de curiosos!, pero no los culpo, sé que lo hacen porque se preocupan por mí… son mis amigos.

Estoy frente al edificio de Eva, el cual se alza imponente sobre la ciudad, son las seis y cuarto de la tarde. Detesto esta sensación de inseguridad, y detesto aún más ser un mensajero de malas noticias.

Entro.

Toco el timbre de su puerta, Eva me recibe con una sonrisa, y me invita a entrar. Me ofrece un café y lo acepto. Ella vuelve unos minutos después con una taza humeante, y la deja sobre la mesa de centro. Se sienta en el sofá que está al lado mío. Se nota en su cara que tiene curiosidad y extrañeza por mi visita tan repentina.

—¿Y bien, que te trae por aquí?, hace tiempo que no nos vemos, desapareciste del mapa —pregunta Eva para romper el hielo, está ansiosa por saber el motivo de mi presencia en su departamento.

—He estado muy ocupado… tú tampoco has llamado, ni has enviado mensajes. Pero bueno, no he venido a hacer una competencia de quien ha sido más ingrato con el otro. —Tomo un sorbo de café, ¡mierda!, estoy tan nervioso que no puedo tragar ni una sola gota de líquido.

—Entonces, cuéntame el motivo.

—Es complicado, tengo que contarte algo serio y muy grave.

—Leo, me estás asustando, ¿qué pasa? —Se remueve incómoda en el sofá y su voz denota impaciencia.

«Ok, ahí voy».

—Supongo que recuerdas a Jesús.

—Sí, sí, la niña con la que estabas almorzando hoy, fue un poco mal educada, no le quitaba la vista de encima a Rodrigo. Bueno eso pasa todo el tiempo, me cuesta acostumbrarme a que se lo coman con la mirada —afirma con soltura, como si eso fuera algo ultra, mega, terrible.

—Ella no lo observaba precisamente por su atractivo… Jesu fue su *polola* hace tres años.

—¡No te puedo creer!, ¡qué pequeño es el mundo!, a juzgar por como lo miraba puede que aún sienta algo por él —especula con un tono cizañero que no me agrada para nada.

—Ella no lo ama. —Mi respuesta es tajante, Jesu ni en un millón de años volvería a sentir algo por Rodrigo.

—¿Estás celoso? —Eva cuestiona con sorna, no me gusta la malicia de su tono de voz.

—No se trata de eso… su relación terminó hace mucho, y el motivo de ese quiebre te afecta directamen-

te a ti y tus planes de matrimonio —respondo seriamente, esto no es un juego.

—No entiendo. —Se queda un rato pensativa—.
No me digas que tienen un hijo.

—Nooo, por Dios, no. —Me imagino unos segundos esa situación y me provoca escalofríos—. Su relación terminó porque descubrió que él la engañaba…

—Ahhh no es tan grave, eso suele pasar en las
relaciones de pareja —interrumpe sin dejarme terminar.

—¡La *gorreaba* con otro hombre!

Ahí está, ya lo dije. Eva no reacciona, como si no
hubiera entendido lo último. Debo decirlo más claro.

—Rodrigo es homosexual. Le estaba siendo infiel con otro hombre —especifico para que comprenda.

Ella se queda muda, me mira fijo, en su rostro se
comienza a dibujar la cólera.

—Leonardo, no puedo creer lo que me dices.
¡Qué bajo has caído!

—¿Perdón?, ¿de qué me estás hablando? Estoy
diciendo la verdad.

—¿La verdad? ¡Tú nunca dices la verdad, Leonardo! Rodrigo me ama… ¿acaso crees que no me he
dado cuenta?

—¿De qué diablos estás hablando, Eva?

—¡Esta sucia mentira que acabas de inventar! Sé
que has estado detrás de mí todo este tiempo, pero tratar de impedir mi matrimonio con tamaña estupidez.
¡Eres de lo peor!

Esto es lo más cruel que me han dicho en la
vida, y lo más ridículo. No puedo creer que ella me esté
diciendo esto, está enceguecida… Estoy como si me hubiera pateado las bolas en el suelo. Una cosa es suponer
que ella sabía sobre mis sentimientos, y otra es que te
lo confirme de la peor manera.

—¿Y si lo sabías, por qué mierda nunca dijiste nada?, ¿sabes cuánto tiempo esperé a que me dieras una oportunidad? —le reprocho, si bien fui un cobarde, ella tampoco lo hizo de mejor modo. Para aplaudir se necesitan dos manos.

—¡Tú nunca la pediste! —replica histérica.

«Touché».

—¿Me la hubieras dado?, sé honesta, por una vez en tu vida, Eva, ¿me hubieras dado la oportunidad? —interrogo, exigiendo una respuesta, pero estoy completamente seguro cuál será.

Silencio.

La miro directamente a los ojos, pero ella es incapaz de sostener el contacto visual por demasiados segundos y fija su vista al suelo.

Su respuesta ha sido más que clara, y era la que yo en el fondo sabía. Duele de todas las formas posibles, me duele haberla amado, duele haber sido cobarde, duele haber perdido mi tiempo en esperar algo de ella, duele su crueldad, pero duele más mi amor propio.

Me dirijo a la puerta para salir de este suplicio. Todo esto salió mucho peor de lo que imaginaba.

—No tengo nada más que hacer. Yo he cumplido con contarte la verdad, tú verás qué haces con ella. Suerte —digo en voz baja y sin mirar atrás.

Cruzo el umbral cerrando la puerta tras de mí.

Respiro profundamente, y me doy cuenta de que ahora soy libre, recién ahora me cae el tejazo de que no lo era de verdad. Era como un mendigo esperando a que ella me tirara un pedazo de pan que nunca tuvo la intención de compartir.

Había idealizado tanto a Eva, ahora todo lo veo con claridad, para mi ella era perfecta, y no fui capaz de notar lo que los demás podían percibir con facilidad. Por demasiado tiempo pensé que solo bastaba con ir donde ella fuera, apoyarla en todos sus problemas. Cómo pude imaginar que haciendo eso, ella se levantaría un día y que mágicamente se iba a dar cuenta de yo siempre fui su amor... ¡Estúpido iluso!, ella desde un principio se aprovechó de ello. La amé, pero a la vez eso no era verdadero amor, pues el amor es de a dos, y yo siempre estuve solo en esta historia.

Este capítulo de mi vida ha concluido, no tan bien como hubiera querido, pero ya terminó. Tengo una mezcla extraña de sentimientos, alivio, rabia, tranquilidad, decepción, remordimientos... paz.

Es hora de seguir avanzando. Adiós, Eva, gracias por enseñarme la manera de cómo no hacer las cosas. La próxima vez seré más valiente, la próxima vez no esperaré.

Un paso a la vez.

Capítulo 12

Camino sin rumbo fijo por el centro de la capital, todavía no quiero volver a casa, quiero sacarme un poco el mal sabor de boca de lo que ha sucedido hace unos instantes. Necesito moverme, sentir que estoy saliendo de este estado, sentir que respiro, que estoy vivo, quiero ser feliz, amar y que me correspondan. ¡Que por una puta vez me correspondan!

Lo único que tengo ahora en mi cabeza es una sola certeza, ya no amo a Eva. Lo supe, desde el primer instante en que la vi el día de hoy, y lo he confirmado hace un rato. Me doy cuenta de que hace tiempo no siento lo mismo de antes, soy un hombre diferente, casi sin notarlo yo he cambiado.

Durante una hora vago con la vista pegada en las vitrinas, pero sin ver nada en especial, ya estoy más sereno y de a poco vuelvo a ser el de siempre. De pronto la veo, su figura menuda escribiendo algo en su celular. Ella puede ser chiquita, pero eso no es un impedimento para que sobresalga entre la multitud.

Mi móvil vibra en mi bolsillo, veo de qué se trata y es un mensaje de *WhatsApp*.

Es Jesu. Mis labios inmediatamente se curvan en una genuina sonrisa cuando leo su mensaje.

Jesús: *¿Estás aún con Eva?*

Inmediatamente le contesto, quiero saber que está tramando. Ella no despega la vista de la pantalla.

Leonardo: *No, hace rato que hablé con ella.*

Jesu está concentrada, comienza a escribir de nuevo, y recibo su mensaje.

Jesús: *¿Y cómo te fue?*
Leonardo: *Mal, mal, me fue horrorosamente mal.*
Jesús: *Qué lástima.*

Dirijo mis pasos hacia ella, intento no llamar su atención y me pongo en su retaguardia.

—Hola, *hobbit* —susurro con voz grave a su oído.

Jesu se sobresalta y grita del susto que le acabo de dar, se da media vuelta inmediatamente y me da un manotazo en el pecho.

—¡Por la misma mierda, Leo, casi me matas de un infarto!

Yo simplemente río a carcajadas, fue gracioso asustarla. Ella está un poco molesta, su ceño está fruncido y parece niñita amurrada. Le pongo mi pulgar entre sus cejas y le masajeo ese nudo de músculos que se le acaba de formar ahí.

—No te enojes, te vas a arrugar entera.

—No me gusta que me asusten, lo detesto. —Es la cosa más rara verla enojada, se ve graciosa.

—Ya, ya… no lo vuelvo a hacer. ¿Qué andas haciendo por acá?

—Necesitaba despejarme un rato caminando. —Suspira—. Hoy ha sido un día intenso.

—Eso no te lo voy a discutir. Una verdadera montaña rusa.

Al parecer Jesu y yo nos encontramos en la misma situación. Estamos cansados de una jornada emocionalmente agotadora, necesitamos despejarnos, desconectarnos y no pensar. Distraernos con algo… Distracción, eso me parece una buena idea.

—¿Vamos a los juegos Diana? —propongo sin pensarlo demasiado.

—¿A esta hora?

—No es tan tarde, vamos, juguemos un poco.

—Mmmmm ¡ok, vamos! —acepta entusiasmada—, hace milenios que no voy por esos lados, antes iba al local del Paseo Ahumada, pero ya no existe, es una pérdida para la humanidad.

—Totalmente de acuerdo. Vamos y veamos quien es el mejor.

Caminamos hacia la calle Merced en pleno centro de Santiago, ahí están los juegos Diana. Al entrar, me transporto automáticamente a mi adolescencia. Si bien en esa época tenía una *PlayStation One* para jugar a mi antojo, el ir a gastar plata en fichas a esa galería tenía su encanto, conocías cantidades industriales de gente que venían de todas partes. Recuerdo haber pasado horas y horas de sana diversión y compañerismo con quienes jugaba en ese entonces.

Compramos un montón de créditos, nos estamos dando un gusto de gastarnos la plata que nunca tuvimos de *cabros chicos*. Matamos *zombies*, competimos en fórmula uno, bailamos en la *EZ2Dancer*, nos agarramos a golpes con *Mortal Kombat* y *Street Fighter*.

Reímos, jugamos, bromeamos, y disfrutamos de lo lindo. Por un par de horas fuimos niños sin preocupaciones, y eso fue liberador para ambos.

—Mira, Jesu, juguemos en ésta, ¡acá están tus amigos Frodo y Sam! —Me acerco a una máquina *flipper* o *pinball* de «El señor de los anillos».

—Ja-ja, estás picado porque te he estado ganando todo el rato. Insisto, eres un mal perdedor. No encuentras el modo de desquitarte.

Estuvimos ahí hasta que comenzaron a cerrar el local, Jesu nuevamente me ha pateado el trasero en todos los juegos, menos en el *Mortal Kombat III*, ahí me la comí viva, la hice picadillo. Estoy contento, estoy tranquilo, en paz… estoy con ella.

Me gusta estar con ella, cada vez más.

Vamos caminando hacia el metro, y en mis bolsillos tintinean un par de fichas que no alcanzamos a jugar. Saco una y juego lanzándola al aire.

—Siento que han pasado siglos desde que no me divertía así. Gracias, ha sido muy especial —confiesa, casi hablando para sí misma.

—A veces es bueno recordar épocas más simples, hace un rato parecíamos pendejos de quince años. Yo también me he divertido mucho.

Jesu sonríe y se queda un rato pensativa, a veces me pregunto que estará pasando por su cabeza. Nunca puedes predecir qué es lo que dirá.

—¿Sabes qué?, cuando nos encontramos hace un rato, no tenías tan mala cara como para haberte ido tan «horrorosamente mal» con Eva.

—En realidad estoy bien, claro que mi visita no tuvo los resultados que esperaba.

—No te creyó, ¿cierto?

—No, y más encima me acusó de inventar todo para impedir su matrimonio.

—¿En qué planeta vive esa mujer?

—¿Plutón?… mmmm parece que ese ya no es un planeta… Cómo sea. Durante mi visita todo fue de mal en peor. Resumiendo, no me creyó y para más remate, me soltó que siempre supo lo que yo sentía por ella… Solo que ella nunca quiso que se lo demostrara.

—¿Y tú, cómo estás?

—Para ser sincero estoy bastante bien. Al principio me sentí pésimo, ya sabes, duelen cosas como el orgullo y el amor propio, pero ya se me pasó.

—¿En serio?, ¿seguro, seguro?

—Completamente.

—Me alegro mucho. —Y sonríe, pero esta vez su sonrisa no se refleja en todo su rostro.

—¿Qué te pasa, Jesu?, y no me digas que «nada». Ustedes las mujeres cuando dicen nada quieren decir «de todo». La Caro pasa diciendo que no le pasa nada y a los tres segundos escupe hasta la cura del cáncer.

Jesu sonríe tímidamente pero de verdad, ahí sí, esa me gusta más. Se queda un instante en silencio, se nota que me quiere decir algo, se pellizca nerviosa el puente de su nariz.

—¿Todavía la amas? —pregunta sin anestesia.

Me descoloca esa pregunta, ¿le interesa de verdad mi respuesta, o solo está saciando su curiosidad? Jesu necesita siempre saber todo, controlar toda la información que le llega, no puedes entregarle algo sin tener todos los antecedentes, de esta manera ella decide cómo proceder. Por lo menos es así laboralmente, no sé si lo aplicará a su vida personal. De todas maneras le respondo, a ella en realidad no puedo ocultarle nada.

—No. Ni siquiera un poquito. Hoy me di cuenta de que hace tiempo que no la amo… No me ha gustado para nada conocer el «lado B» de ella, y a decir verdad, nunca lo había sacado a relucir. De haber sabido que Eva era así, jamás habría entablado una relación de amistad con ella y mucho menos enamorarme.

—Has aprendido mucho últimamente... Eso es bueno.

—A porrazos se aprende, no es lo más *chéve-re*, pero es lo más efectivo. Lamentablemente uno no aprende de las buenas experiencias, sino de las malas.

Nos quedamos en silencio y seguimos caminando.

Sí, debo admitir que en todo este tiempo he aprendido mucho, y una de las cosas más importantes que aprendí es que no debo ser cobarde, es mejor morir en la rueda como un valiente, antes que esconderse y tener miedo a todo. Aprendí, que si quiero algo, no debo esperar a que me lo ofrezcan. Aprendí, que si yo doy, también tengo que recibir en la misma medida, y no migajas. Aprendí, a ser honesto, a ir siempre con la verdad ante mí y los demás.

—Me gustas mucho, Jesu —admito sin pensar, sentí que debía decirlo ahora, no quiero repetir la misma historia de la cual acabo de salir.

Jesu deja de caminar, me doy vuelta y ella me está mirando seria. No me agrada cuando se pone así.

—Leo, si es una broma es de muy mal gusto.

—No, no es una broma, Jesu, tú me gustas… mucho. Prefiero que sepas ahora lo que siento por ti y cuáles son mis intenciones, para que no malinterpretes nada. —Intento decirlo con aplomo, hasta yo mismo me asombro, porque me tiemblan las manos y las piernas.

—¿Y cuáles son tus intenciones? —Esa pregunta no me la esperaba, me mató.

—Supongo que besarte, abrazarte, conocerte más, caminar de la mano, pasar tiempo juntos y después si las cosas salen bien, enamorarnos, ser felices los dos. Ese es más o menos el plan. No quiero entrar en detalles escabrosos que puedan espantarte.

—Ya lo sabía…

—Pero, ¿qué?, ¿cómo? —¿En qué momento se habrá dado cuenta?, ¿seré muy obvio?, no entiendo nada.

—Me lo dijiste el sábado, pero estabas tan ebrio, que esa parte justamente no la recuerdas.

«*¡Por las re chuchas! El "ebrio emocional" se me adelantó, ¡qué vergüenza!*».

—Mierda… no sé qué decirte, de verdad no lo recuerdo, lo lamento.

—Yo ya me estaba preguntado si era verdad o no. Asumo que no recuerdas la respuesta que te di, fuiste muy insistente en que te diera una.

—No me acuerdo de nada… Soy un imbécil, un retrasado mental. Perdóname por todo, merezco que me mandes con viento fresco a la punta del cerro.

—Te equivocas, Leo, mereces todo lo contrario.

«*¿Todo lo contrario?, ¿eso quiere decir qué?…*»

Antes que pueda seguir pensando Jesu se me acerca, pone sus manos en mi pecho y eleva su altura sobre la punta de sus pies. Automáticamente tomo su cara entre mis manos, y voy al encuentro de sus labios suaves y cálidos que me besan tímida y tiernamente. Mi corazón retumba frenéticamente, no son latidos los que siento, es un zumbido. Mi sangre recorre a la velocidad del rayo cada uno de mis sentidos, un calor furioso invade todo mi ser. Necesito saber que esto de verdad está pasando, que no es un sueño. Sin dejar de besarla mis manos abandonan su rostro y la abrazo fuerte de su cintura, Jesu se cuelga de mi cuello y la levanto por unos segundos, su cuerpo es tan cálido y liviano que me asombra. La beso, la beso sin parar, como si quisiera recordar para siempre este momento, como si nunca hubiera besado a nadie antes que a ella… Esperen, eso es literal, nunca he besado a nadie antes que a ella.

Jesu es la primera.

Me siento tan feliz y tan torpe a la vez, no hay manual para besar, solo sigo lo que el corazón me dicta. Ella es maravillosa, como si adivinara mis pensamientos, me tienta y me invita ir un poco más allá, abre su boca y lame mis labios que instintivamente se abren para ella. Me busca y me encuentra, la lengua de Jesu es dulce y caliente, la acaricio con la mía, no quiero ser invasivo quiero que me sienta. Quiero darle dulzura y calor, hacerle sentir que quiero estar con ella, solo con ella, que es la primera y la única.

Lentamente Jesu deja de besarme, dándome piquitos cortos y sonoros, es una pena que no podamos hacerlo para siempre —¡ojalá pudiera!—. Aún la siento sobre mi boca, en mi lengua, en mi piel, en mi corazón. No quiero apartarme de ella, jamás, me siento totalmente cautivado.

Hechizado. Jesu es una elfa disfrazada de *hobbit*.

—Ahí tienes mi respuesta. —Y me sonríe contenta, está feliz igual que yo, hasta parece haberse transformado ante mis ojos—. Ese día no te la di porque quedaste en coma en mi cama.

—Soy un real *pastelazo*, ¿cómo pude hacerte eso el sábado?, soy un animal. —Le beso la cabeza mientras aún la tengo abrazada.

—No importa, eres la primera persona que se me declara dos veces sin darse cuenta. —Levanta su cabeza y me mira—. Eres el hombre más original y dulce que he conocido.

—Estás loca, Jesu.

—Solo un poco.

Ambos reímos llenos de regocijo. Sin duda alguna, este día lo voy a recordar por el resto de mi vida.

Hoy fue el día en que volví a nacer.

Capítulo 13

—¡Buenos días, niños! —saluda una radiante Jesu con una sonrisa de oreja a oreja cuando entra en la oficina.

—¡Hola, Jesu! —respondemos todos al unísono.

Ella se acerca a mi escritorio y sin previo aviso me besa suavemente en los labios, en frente de Carito y Juanin, quienes miran la escena estupefactos.

—Buenos días, Leo. —Y me guiña el ojo coquetamente.

—Buenos días, Jesu —digo un poco cohibido, me pilló desprevenido—. ¿Cómo estás?

—Súper bien, ¿y tú?

—Mejor ahora. —Sonrío y le acaricio la mejilla con el dedo índice. Bueno, parece que no será tan difícil ser más cariñoso con ella delante de mis amigos.

—Qué bueno. —Ella me mira fijo unos segundos y luego parpadea—. ¡Ya!, me voy a revisar mis correos para ver que hago hoy por la paz mundial.

—Dale, más rato voy a hablar con Héctor para avisarle que tú seguirás trabajando con nosotros indefinidamente.

—¡Perfecto!

Y así como si nada hubiera pasado, Jesu empieza a trabajar como cualquier otro día. Juanin solo sonríe y continúa con sus labores, y Caro está impactada y me mira boquiabierta.

—Uno de ustedes dos me tendrá que hacer un esquema y explicarme como si tuviera tres años lo que acabo de presenciar —dice ella risueña.

—Algún día Carito, cuando me pilles bien borracho.

—Pesado, solo basta con que te presione así un poquitito. —Y hace aquel gesto de pequeñez con su dedo índice y pulgar.

—¡Ridícula!, trabaja será mejor. —Sonreí y seguí con mis asuntos con normalidad.

La primera mitad del día pasó en un santiamén, fue casi normal, salvo las miradas furtivas que intercambiábamos Jesu y yo. Es extraño trabajar con quien tienes una relación, pero esta sensación creo que se atenuará cuando pasen los días y me acostumbre a estar en pareja.

Cuando Juanin y Caro salieron a almorzar, esperé un par de minutos para ir al escritorio de Jesu y ver si le faltaba mucho, quería comer con ella, tenía ganas de tocarla, de conversar, de reír. Ella se ha convertido en una especie de fuerza de gravedad, me siento inevitablemente atraído.

—Señorita Montenegro. —La beso brevemente—, ¿le falta mucho para terminar?

—No, estoy casi, casi… —Presiona la tecla *enter*—. ¡Listo!, ahora sí.

—¿Trajiste almuerzo? —pregunto para saber si salimos los dos a comer, o para encargar uno por teléfono.

—Sí… Traje una ración doble por si querías comer conmigo lo que preparé anoche.

—¿«Por si querías»?, esa suposición ni siquiera debió haber cruzado esa cabecita tuya, pues claro que quiero comer lo que me trajiste.

—En ese caso, vamos a calentar un almuerzo para dos —propone entusiasmada levantándose de su asiento, y nos vamos a la cocina a almorzar.

—¿Qué comeremos hoy? —consulto mientras le abro la puerta para entrar.

—Arroz con pollo alverjado.

—Suena bien.

—Ojalá te guste… por casualidad ¿Leo, tú cocinas? —interroga mientras mete la comida al horno microondas.

—Me defiendo, estuve metido con mis viejos en la cocina desde que tengo memoria.

—¿Y por qué nunca tres almuerzo?

—Simple, me da paja cocinar para mí solo.

—Me gustaría probar algún día tus habilidades… culinarias. —Ya comenzó con el doble sentido.

—Puedes probar todas mis habilidades… culinarias. —Le sigo el juego—, cuando quieras. Yo traeré el almuerzo mañana mismo, si es que quieres, ¿te parece?

—¡Yaaaa! ¡Qué rico! —Aplaude complacida.

—Es fácil ponerte contenta, un poco de comida y ¡zas!, sonrisa instantánea.

Ella ríe, me encanta verla así, siempre me contagia su buen humor.

Servimos nuestros platos y comemos. Pruebo el primer bocado, y está exquisito lo que ella ha preparado, simplemente lo hace de maravilla. Mis viejos son unos *cracks* en la cocina y me enseñaron bien, es por eso mismo que soy bastante crítico cuando alguien cocina mal, y no me gusta cuando no le ponen ni una pizca de cariño a la comida. Cada día descubro más cualidades en ella, aunque al paso que voy probablemente voy a adorar hasta sus defectos más terribles.

—Está delicioso, Jesu, eres una excelente chef —halago cuando limpio mi boca con la servilleta después de engullir el último bocado.

—Gracias. —Y se sonroja un poquito—... Ahora quiero mi postre —exige en un tono de voz absolutamente seductor, es increíble cómo le cambia la personalidad en milésimas de segundo.

—Venga para acá, señorita. Sírvase todo lo que quiera. —Palmeo mi pierna para animarla con sus intenciones.

Ella inmediatamente se sienta sobre mi regazo, se cuelga de mi cuello y me besa sensualmente, mis manos que adquieren vida propia, vagan por su espalda con pereza y finalmente se quedan en la curva de su estrecha cintura. Mientras profundizamos más el contacto de nuestros labios, de nuestras lenguas, Jesu acaricia mi cabello y se acerca aún más a mí y siento que no hay más mundo que ella y yo, dando y recibiendo por igual. Su contacto me estremece como nada, y creo que estoy jugando con fuego en el momento que beso su cuello y escucho un gemido que emerge de su garganta. Solo ese sonido dispara una sensación totalmente diferente en mí, que me perturba y me fascina a la vez. Abro mis manos para abarcar y palpar más su cuerpo y noto que su respiración se acelera. ¡Dios esta mujer me está matando! —y parece que ella también está muriendo—.

A lo lejos escucho la voz de Juan que de un tirón me devuelve a la realidad. Jesu también lo ha notado y estalla la burbuja en la que hemos estado viviendo los últimos cinco minutos.

Rápidamente ella vuelve a su asiento, y en ese mismo momento entra intempestivamente Caro a la cocina.

—¡Ajaaaaá! —Nos mira a los dos que fingimos que no ha pasado nada—, ahhhhhh que son aburridos, y yo que pensaba que ustedes iban a estar haciendo cochinadas.

—¡Qué pesada eres, Carito! Déjalos tranquilos, mujer —reprende Juanin entrando a la cocina—. Jesu, lamentamos interrumpir su idilio, pero llegó un *server* nuevo, y tenemos que hacer el ingreso.

—Ok, déjame lavar los platos sucios y voy.

—No, yo lo hago, Jesu. Mañana te toca a ti, anda, no te preocupes. —Es lo justo, ella cocina y yo lavo.

—Vale, eres un amor. —Me lanza un beso al aire y se va con Juanin.

Nos quedamos solos Caro y yo. Me pongo a lavar los platos y siento su mirada penetrante clavada en mi espalda, la conozco, algo quiere decirme.

—Echa afuera, Caro, dime, te escucho.

—Leíto, tú sabes que te quiero mucho, ¿cierto?

—Sí, Carito, lo sé, yo también te quiero mucho comadreja maquiavélica… al grano por favor. —Me giro y la miro fijo.

—Leo, quiero pedirte un favor…

—No tengo plata, Carito —bromeo, solo por el gusto de sacarla de sus casillas.

—¡Idiota!, no es eso… Quería pedirte que cuides esto que tienen ustedes dos. Yo los he observado todo este tiempo, y creo que son el uno para el otro. Tíldame de *mamona sentimentaloide* si quieres, pero por primera vez te veo… feliz, y a la Jesu también se le nota lo bien que le haces. —Ella suspira, y tose reprimiendo unas lágrimas—. Hoy vi a dos personas totalmente nuevas, y me gusta verlos así de contentos. Tal vez piensas que estoy loca, pero…

—No te preocupes —interrumpo su discurso antes que se ponga a llorar, ella se hace la mala, pero en el fondo es una *románticona*—. Tú sabes que esto es nuevo para mí, lo más probable es que en algún momento me equivoque, lo sé, pero también sé que haré todo lo posible por enmendar cualquier error que cometa, porque ella vale la pena, la Jesu es una mujer excepcional. Te juro que no la haré sufrir, por lo menos no a propósito.

—Así me gusta, Leo, eso era todo lo que quería escuchar, tú también mereces ser feliz y tener una mujer como Jesu a tu lado. —Se seca los ojos y respira profundamente—. ¡Ya! Vamos a *laburar*.

—¡Sí pues!, ¡trabaje, señorita que para eso le pagan! —Pongo voz de jefe abusador para distender el ambiente y ambos reímos.

Mientras salimos de la cocina, mi móvil comienza a sonar en mi bolsillo, miro la pantalla. ¡Ay no!

Mi mamá.

Inspiro profundo y me preparo sicológicamente, porque sé que me van a retar.

Capítulo 14

—Hola, mamá.

—Hola, Leíto, ¿cómo está, mi amorcito hermoso? —saluda mi mamá dulcemente, tanto así, que no parece ser ella.

—Bien, mami, súper bien, ¿y tú?

—Mal *po'h*, tengo un hijo ingrato que no se digna ni siquiera a llamar por teléfono a su familia. Han pasado dos meses, ya me tenías preocupada, mocoso desconsiderado.

«Mierda, está cabreada… Era demasiado bueno para ser verdad, intentaré arrastrarme como gusano».

—*Pucha…* perdóname, mamita, no me di cuenta que había pasado tanto tiempo. ¿Tú sabes que eres la mejor mamá del mundo, cierto?

—Soy la mejor del mundo y no, no te perdono, lo haré cuando traigas tu culo a esta casa. Tu hermana está de cumpleaños la próxima semana. No ésta, la que sigue, para que te quede claro. El sábado se lo celebraremos.

«¡Changos! No funcionó arrastrarme. ¡Táctica evasiva, táctica evasiva!».

—La Isidora debe estar muriéndose de la pena por el cambio de folio.

—Qué eres pesado con tu hermana chiquillo insurrecto. El sábado debes llegar tempranito, ¿me oíste? Tú y tu papá serán los encargados del asado.

«Y más encima está en "modo general de ejército"».

—Ok, haré lo que quieras, pero deja de retarme.

—Bueno, bueno… va a venir Marcela.

«*Y dele con la amiga de la Isi, esa mina solo habla de la dieta y come ensaladitas, es una "lechuguera"*».

—Mamá, ¿hasta cuándo vas a insistir con eso?, no me gusta la Marce, deja de tratar de metérmela por los ojos, así que no la invites… Además estoy saliendo con alguien.

—¡¡¡¿Queeeeé?!!! —Aparto el teléfono de mi oído porque casi me revienta el tímpano con su alarido—. ¡Qué bueno mi niño!... ¿Es esa niñita?... ¿Eva? —Eso último lo dice con cautela.

—No mamá, no se trata de ella… conocí a otra persona. Se llama Jesús.

—¿Tienes algún fetiche con los nombres bíblicos?, ¿dónde la conociste? —Ya va empezar con su interrogatorio para saber todo de todo.

—En el trabajo.

—¿Y cuánto tiempo llevan?

—Un par de días.

—Ahhhhhhh, están fresquitos… Oye, si quieres puedes invitarla para que la conozcamos.

—No sé, ¿no te parece que es muy pronto?

—¡Bah!, no digas pamplinas, hijo, es la primera vez que tengo noticias de que estás saliendo con alguien, solo quiero conocer a quien hizo el milagro.

—Bueno, por algo se llama Jesús… Le preguntaré si quiere ir.

—Ya, mi amorcito, se me cuida. Y llama más seguido, tu papá ya te quiere colgar de las pelotas por ser mal hijo.

—Le llevare el fernet de la paz para que se le olvide.

—¡Dos!, con eso te perdonará la vida.

—Bueno, serán dos. Ya mamita, nos vemos el próximo sábado.

—Te amo mucho, hijo, cuídate.

—Yo también te amo, chao

—Chao, hijo.

Ahora el chisme de mi floreciente relación se esparcirá como la peste negra sobre todo el árbol genealógico de los Apablaza Rivera. Mi familia es un caso raro que nunca he logrado entender del todo. Mis padres comenzaron su relación de un modo no muy ortodoxo que digamos, ellos primero fueron amigos, luego amigos con ventaja, con el tiempo se enamoraron, concibieron a mi hermana y finalmente se casaron, todo eso sucedió en un lapso de un año. Ahora llevan treinta y uno juntos, y aunque parezca increíble ellos se aman como si estuvieran recién casados. No recuerdo ningún instante en que ellos no estuvieran besándose, tocándose, cuchicheándose obscenidades, o diciéndose «te amo». Es extraño en estos tiempos ver una pareja así, por no decir que están en peligro de extinción.

A mí me encantaría llegar a tener eso algún día, si mis papás pudieron ¿por qué yo no? No pierdo la esperanza, pero tengo que tener paciencia, ese tipo de milagros no ocurren de la noche a la mañana, sino dando un paso a la vez, avanzando, tomados de la mano, juntos.

Durante dos semanas todo trascurrió con tranquilidad, a excepción de los almuerzos. Sobre todo la parte del postre. Jesu es… ¿cómo decirlo?, intensa, tierna y pasional, y yo feliz me dejo llevar por ella. Cada vez que disfrutamos de la parte dulce de nuestra comida, ella se vuelve más y más audaz. A mí me encanta que sea así, me hace sentir como si fuera el rey del mundo y a la vez me marca la pauta de hasta dónde puedo llegar, quiero ir a su ritmo, quiero que se sienta segura y tranquila conmigo.

Sin embargo, hemos llegado a tal punto, que perdemos la cabeza por completo. Jesu y yo olvidamos la noción del tiempo y el espacio —y a veces del pudor—, y es por ello que me he visto en la obligación de tener que poner un temporizador de cinco minutos como tiempo máximo de duración del postre. Si nos excedemos de ese lapso, corremos el peligro de ser sorprendidos *in fraganti* en pleno besuqueo, no quiero tentar a la suerte y exponerla a los chismes de gente que no tiene vida. Afortunadamente todo el mundo sale a almorzar afuera, en vez de usar la cocina que hay en el piso donde trabajamos, de otro modo otro gallo nos cantaría.

Lo único malo de todo esto, es que todos los días el postre me provoca una dolorosa y monumental erección. Cada vez que pasa esto, tengo la tentación de partir al baño y desahogarme «tomando el asunto con mis propias manos». Solo lo intenté una vez, pero no alcancé ni a tocarme y morí súbitamente. Fue el orgasmo más veloz, vacío, patético y decepcionante de mi vida, hasta me puso mal genio. Así que finalmente lo único que me queda es resignarme, respirar y serenarme estoicamente leyendo algún correo de mi jefe, o viendo un video en *YouTube* de la Tigresa del Oriente, eso le mata la erección hasta a un burro. Comprobado, cien por ciento efectivo.

Y esa es mi dulce tortura diaria. Me la gozo toda, pero sigue siendo una tortura.

El día viernes previo al cumpleaños de mi hermana, me decidí a peguntarle a Jesu si deseaba acompañarme. Al fin y al cabo, lo peor que puede decirme es que es demasiado pronto para que mi familia la conozca.

Estamos almorzando, hoy era mi turno de traerlo. Ella está devorando la cazuela de vacuno, y casi no habla nada, solo emite sugerentes sonidos de placer... Ok, no es de uno de los almuerzos más tranquilos, oyendo ese tipo de manifestaciones, pero así es ella, y me gusta su manera de ser.

—Jesu... ¿qué vas a hacer mañana? —Interrumpo su éxtasis culinario, porque ya me está poniendo a mil grados Celsius y estoy a punto de perecer por combustión espontánea.

—Aparte de lavar la ropa y limpiar mi cuchitril, nada más, ¿por qué lo preguntas?

—Mi hermana está de cumpleaños y haremos un asado en la casa de mis viejos. Quería saber si me quieres acompañar.

—¿En serio? —Su cara es de sorpresa, pero no sé si es una buena o mala señal—. Leo, me encantaría ir, pero...

«¡Maldito "pero"!».

—¿Pero qué? —interpelo ansioso por su respuesta.

Ella inspira profundamente, y se queda en silencio por unos segundos, está buscando las palabras adecuadas, quiere decirme algo importante, lo sé.

—Leonardo, necesito ser honesta contigo. Tú eres un hombre increíble, estás lleno de virtudes, me encanta tu carácter, tu forma de ser y... —Vuelve a tomar aire, pero le cuesta un poco—... y me estoy enamorando de ti... Es que es imposible no quererte, y estoy tan aterrada. Yo no he estado con nadie desde hace tres años, y mis relaciones anteriores ni siquiera merecen mención alguna.

»Si esto se acaba de pronto y sin aviso, yo... no quiero ni imaginarlo. Leo, tú me haces sentir que no solo tengo el hoy, sino que también hay un mañana, y el año siguiente. Yo solo te pido, que si no estás seguro del todo acerca de nosotros, mejor no me ilusiones si en el fondo te sientes presionado por ir más allá. No quiero que sientas que es un deber el llevarme a que conozca a tu familia.

Ella me conmueve con sus palabras y sus temores se entierran como dagas en mi pecho. Al parecer, Rodrigo la dejó más marcada de lo que ella misma quiere reconocer. Yo no quiero que tenga miedo, ni siquiera se me ha cruzado por la cabeza que esto tiene fecha de caducidad. No quiero que termine, no llevamos ni dos semanas y ya quiero tenerla a mi lado durante todo lo que me resta de vida. Debo darle seguridad, tengo que ser justo con ella, y decirle cómo me siento. Encierro sus manos entre las mías y beso sus nudillos.

—Mi pequeña *hobbit*, en primer lugar, esto ha sido serio para mí, desde el día uno. Necesito que eso lo tengas claro, yo con lo único que juego es con la *Playstation*, no con las personas. —Ella sonríe, quiero que se relaje un poco—. Yo no quiero que tengas miedo... Jesu, yo no recuerdo si esto ya te lo confesé pero... tú eres la primera en todo en mi vida, y eso quiere decir absolutamente todo. Tal vez no sepa como demostrarte que tú me importas, y lo mucho que te quiero. Yo solo hago lo que el corazón me dice, yo no deseo que esto termine jamás.

»Todo esto es tan nuevo para mí, necesito que me ayudes, que me enseñes en la medida que puedas. Si me equivoco, dime en que fallé, e intentaré no volver a hacerlo, porque será muy posible que cometa errores sin darme cuenta. Yo no quiero perderte por mi falta de experiencia, en el fondo tengo tanto miedo como tú. Yo quiero que esto funcione, necesito que me ayudes para que eso suceda.

Ella me mira emocionada con los ojos a punto de rebalsar con sus lágrimas, me acaricia el rostro y me sonríe.

—Y por cosas como estas, cada día te metes más en mi corazón, no existen hombres así como tú. Nunca creí que me iba a volver a enamorar, y mucho menos de ti. Mi plan era estar sola con un par de gatos, y así tener una existencia tranquila y en paz.

—Empieza a acostumbrarte, siempre arruinaré ese tipo de planes, sobre todo la parte de los gatos. —La beso suavemente—. Te quiero mucho, Jesu, nunca lo olvides.

—Yo también, Leo.

Respiro relajado, estaba tenso como la cuerda de un violín y ni siquiera lo había notado.

—Todavía no me respondes la pregunta que te hice, ¿me vas a acompañar, o no?

—Claro que sí, cielo. —Asiente entusiasmada y contenta.

Ella ha sellado su destino, pobrecita, está condenada.Mañana iremos al manicomio de los Apablaza Rivera.

Capítulo 15

A la mañana siguiente voy a buscar a Jesu a su casa, y luego nos encaminamos para ir donde de mis viejos. El trayecto dura una hora, nuestras manos no se separan por ni un instante. Aprovecho ponerla al día mientras viajamos, le cuento sobre mis viejos, mi hermana, mis primos, mis tías, mis tíos, mis tatas.

En mi familia, todas las celebraciones son iguales, en una casa de setenta metros cuadrados están metidas tres generaciones. Menos mal que mis abuelos tenían radio en su dormitorio y solo tuvieron tres hijas, de lo contrario, es la hora que tienen diez hijos y esa casa estaría reventando de gente.

Estoy ansioso, contento y nervioso. Espero que reciban bien a Jesu, y vean lo mismo que yo veo de ella. Ojalá no la hagan sentir incómoda con su idiosincrasia, ellos suelen ser avasalladores y muy de piel, y como ella es mi primera relación, la van a acribillar con preguntas y bromas. Mi hermana intentará a toda costa ponerme en vergüenza como venganza a lo que le hice pasar a ella cuando era adolescente y llevaba a sus *pololos* a la casa. Ya me amenazó durante toda la semana vía telefónica, correo electrónico y mensajes de *WhatsApp*.

Ya me estoy arrepintiendo de ir.

Pero finalmente llegamos, abro la puerta de la casa con mi juego de llaves y sorprendemos a mis viejos besuqueándose en la mitad del living sin ningún pudor. Yo estoy acostumbrado a este tipo de escenas, pero creo que la Jesu no, porque los mira sorprendida con los ojos muy abiertos.

—¿Por qué no se van al dormitorio a sacarse las ganas, y me ahorran ver esta película porno? —increpo socarrón a modo de saludo.

Mis viejos dejan el espectáculo de lado y me saludan efusivamente, me abrazan y me besan como si hubieran pasado dos años en vez de dos meses.

—A ti te voy a colgar de las pelotas por ingrato. —Es lo primero que me dice mi papá después del saludo de rigor, y luego mira a mi *hobbit* con una sonrisa—, ¿y la señorita es?

—Jesús Montenegro —responde ella con timidez—, mucho gusto, don Alfredo.

—Omite el «don», me hace sentir como un vejestorio.

—Se nota que eres hijo de tu papá —afirma Jesu riendo—, eso mismo me dijiste el día que te conocí.

—Lo galán viene en los genes —explica mi papá todo orgulloso—. Ya, niños, asiento y conversación gratis. Menos para ti, Leo, en una hora más empezamos con la carne.

—Tu hermana debería llegar en un rato, nos llamó hace diez minutos —informa mi mamá como si me estuviera anunciando el apocalipsis, ella sabe que la Isi se cobrará su *vendetta* el día de hoy—. Jesús, siéntete como en tu casa, acá tengo solo dos reglas, no me digas «señora», ni me digas «tía». Basta con que me digas Pame, o Pame «la bella mamá de Leo».

Jesu ríe, mis viejos son re simpáticos, y la hacen sentir como una más del manicomio. Ella se ve relajada, y conversa animadamente. Ayuda a mi mamá con las ensaladas y se ríen de quizás qué cosas. Mi hermana, llega a la hora después, como la reina de la impuntualidad que es. Si dice que viene en diez minutos, en realidad hay que calcular unos cuarenta más. Definitivamente tiene el reloj sincronizado con el planeta Venus, no hay otra explicación para sus atrasos compulsivos.

Isi invade todo como si fuera una fuerza de la naturaleza, y revoluciona toda la casa, saluda a mis viejos, a mí me da un abrazo de oso, y luego me susurra al oído...

—Apuesto que has estado cagado de miedo por mi venganza toda la semana, Leonardo «cara de petardo».

—No te tengo miedo, Isidora «la cóndora» —miento—, solo tengo curiosidad por saber qué harás.

—Ya verás, Leíto, ¡ay cómo te amo, hermano! —Me estrecha aún más fuerte y comienza a dificultarse mi respiración—. La venganza es un plato que se sirve frío. —Y me suelta de sopetón.

Lugo acapara a Jesu como si fuera su amiga de toda la vida y cotorrean como mujeres que son, y es que la Jesu tiene eso, ella es un imán de buena vibra, todo se ilumina y florece a su alrededor. Atrae a todo el mundo con su naturalidad.

Mientras toda la parentela va llegando y llenando la casa, mi papá y yo vamos al quincho a preparar la parrilla. Es parte de una especie de ritual de padre e hijo; cuando la carne se está asando y tenemos una lata de cerveza en la mano, hablamos de la vida, de lo humano y lo divino. No hay temas tabú en la parrilla. Él es un hombre fascinante, puedo hablar de lo que sea, con mi mamá también tengo confianza, pero mi viejo es otra cosa, por el simple hecho de que es hombre y piensa como tal.

—¿Cómo has estado, hijo? —pregunta mientras destapa su lata de cerveza.

—Bien —respondo mirando la parrilla.

—No me refiero al día de hoy, estoy hablando del tiempo que no te contactaste con nosotros. Tú no sueles cerrarte de esa manera. ¿Qué fue lo que pasó?

Suspiro y me tomo un sorbo de cerveza, mi viejo usualmente no es del tipo curioso, él es más bien observador, pero si pregunta directamente es porque quiere información rápida. Así que no hay forma de evadir su interrogatorio.

—¿Te acuerdas de Eva?

—Sí, tu amiga, hablabas de ella todo el tiempo, recuerdo que vino un par de veces.

—Exacto… Resulta que estuve enamorado de ella mucho tiempo y nunca se lo dije.

—No sé por qué no me sorprende, se te notaba mucho hijo.

—Ella se va a casar. —Tomo otro trago cerveza, aún no es tan fácil hablar del tema, sigue siendo reciente el golpe a mi ego.

—Oh, ya veo —comentó escuetamente, solo bastó que él dijera eso para confirmarme que era suficiente información y que ya no era necesario explicar más.

—¿Y en qué momento aparece Jesús?

—Ella llegó hace dos meses a hacer la práctica donde trabajo.

—¿Y sobrevivió? Tú eres cosa seria evaluando a practicantes.

—Ella sobrepasó todas mis expectativas. Es inteligente, profesional, divertida, fuerte, sensible, valiente, carismática, terca… de a poco y casi por osmosis me fui enamorando, ni siquiera era consciente de ello. Jesu sabe todo de mí, hasta conoció al «ebrio emocional». Me siento tan cómodo y relajado a su lado, puedo ser yo, sin esconder mis sentimientos.

—Hijo, yo sé que tú no tienes experiencia en este terreno, pero ¿cómo sabes que estás enamorado de ella y no es una sensación pasajera? —pregunta serio y preocupado.

—Tengo experiencia, papá. Sé cómo es cuando no te quieren, sé cómo es el rechazo, sé cómo es cuándo amas y no te es permitido demostrarlo. Con Eva tuve que tragarme muchas cosas, como el orgullo, la dignidad y hacer como que no pasaba nada. No tuve el valor de tomar el toro por las astas, y tardé tanto tiempo en darme cuenta. Jesu es diferente a cualquier persona que haya conocido antes… ella para mí es todo, y más… No sé cómo explicarlo de otra manera.

—Ay, hijo, suenas como yo cuando hablo de tu madre. Estás fregado. Yo llevo treinta y un años así, pero soy el *hueón* más feliz del puto mundo. —Mi viejo da vuelta la carne y le echa sal, yo tomo otro poco de cerveza—. Tengo curiosidad de algo, ¿ya tuviste relaciones con ella?

Me atraganto, no esperaba esa pregunta. Qué asqueroso es tener cerveza en la nariz, me limpio con la manga de mi camisa, pues es lo único que tengo a mano. Mientras mi viejo me da golpecitos en la espalda, tosiendo explayo con elocuencia mi respuesta.

—No.

Él deja de golpearme en seco, parece que está impresionado por mi despliegue de vocabulario.

—¿Y antes?, ¿con alguien que yo no sepa?

—Nop.

—Mierda, hijo, no sé si hacerte un monumento o darte un par de patadas en el culo.

—No me des la lata con eso por favor, no es tan terrible.

—No, no es tan terrible, lo sé, yo tenía veintiuno cuando fue mi primera vez.

Presto atención para que hable más, pero se queda callado, nunca hemos tocado ese tema, yo nunca pregunté en realidad. No lo encontré necesario, hasta ahora.

—¿Y cómo fue? —Intento con esta interrogante que me hable un poco más. Él me mira y sonríe, luego toma un poco de cerveza.

—En resumidas cuentas, la primera vez de un hombre, por norma general, es… decepcionante.

—¿Decepcionante? —pregunto con mucha sorpresa y curiosidad.

—Sí, decepciona porque es demasiado rápido y fugaz, y uno solo tiene ganas de disfrutar por un buen rato.

—He escuchado otro tipo de historias que dicen lo contrario.

—¡Mentiras!, ¡son todas puras mentiras! —exclama jocosamente—. Los hombres mentimos entre nosotros para no ser el hazmerreír de los demás.

—¿Hay alguna manera de que no sea decepcionante?

—No hay receta mágica, hijo. Hay un noventa y nueve por ciento de probabilidad de que cuando estés dentro de ella, darás tres empujones y morirás sin remedio. Lo único bueno es que las primeras veces te recuperas en cinco minutos y tu pareja podrá disfrutar más. Y no hagas ni tal de pensar en cosas como gatitos ahogados para durar, ellas se dan cuenta de todo. Tú solo disfruta el momento, es más honesto.

—No es muy alentador el panorama.

«*Decepcionante, decepcionante, decepcionante…* ¡*Mierda!*».

—No, pero no te preocupes, te acostumbrarás rápido. Un consejo, ni siquiera intentes masturbarte durante un tiempo, porque una mujer es muy diferente a tu mano. —Se quedó pensativo por unos segundos y continuó—. Tampoco veas porno, eso es solo algo recreativo para cuando no tienes pareja. Aguanta hijo, a lo mero macho, después me lo agradecerás, entre nosotros no es común recibir este tipo de consejos sobre este tema.

Nos quedamos en silencio, yo le doy vueltas al asunto, por lo menos ahora tengo más o menos una noción real de que puede pasar cuando llegue el momento, porque algún día llegará sin duda.

Solo espero durar algo más que tres empujones.

—Una cosa más, hijo —dice mi viejo de repente, interrumpiendo mis cavilaciones—. Nunca, pero nunca, tengas prejuicios respecto al sexo, ahí todo vale. Una mujer que tiene libertad y comunicación puede ser maravillosa, y no necesitarás a otra, porque lo experimentarás todo con ella. Un día puede ser recatada y al otro salvaje. Y tú también debes abrir tu mente, lee libros serios sobre el tema, instrúyete, sorpréndela. El sexo es mucho más que meterla y sacarla como animal.

No sé si mi viejo tiene un montón de kilometraje con muchas mujeres y se hace el tonto, o si todo lo aprendió junto a mi mamá —no debí pensar en ello, ya me hice la inquietante imagen mental—. Ahora entiendo por qué lleva más de treinta años con ella.

Es un puto genio. Bueno mi mamá también debe tener merito, pero él es. Un. Puto. Genio.

—Ya, esto está listo, hijo. Ayúdame a llevar la carne para que almorcemos.

Llevamos una fuente gigante como para alimentar un regimiento, en realidad, somos un regimiento. Busco a Jesu con la mirada y la encuentro riendo con mi hermana, revisando un álbum familiar, seguramente ya vio las fotos del flacuchento espinilludo que era yo en el colegio. En esa época mi cuerpo en vez de tener huesos, tenía espinas, con razón no le gustaba a nadie en ese entonces, parecía cualquier cosa menos un ser humano.

Servimos la carne, y nos sentamos todos a comer, estoy tan contento de compartir junto a mi familia teniendo a Jesu a mi lado, la miro por un instante y ella también se ve feliz, le doy un breve beso y todos nos observan disimuladamente.

—¿Lo estás pasando bien? —susurro en su oído para que nadie nos oiga.

—Sí, han sido todos súper amables conmigo. Estoy muy bien, no te preocupes.

—Qué bueno. —Le beso la frente y comenzamos el festín.

El almuerzo estuvo fenomenal, de hecho, no recuerdo uno que haya sido tan largo y ruidoso como éste. La sobremesa fue eterna, todos riendo recordando anécdotas de nuestras travesuras. Mis primos, que de niños siempre andaban detrás de la Isidora y de mí, ahora son mayores, pero igual seguimos siendo sus «héroes» como ellos nos dicen. Estoy contento, tengo una gran familia, que tiene sus buenos y malos momentos, pero que a pesar de todo se mantiene unida.

A eso de las diez de la noche le cantamos el cumpleaños feliz a mi hermana, y ella apagó sus treinta velitas —y la torta casi se incendia por ello—, todos estamos emocionados. Isi es la mayor, la primera en todo y es la mejor hermana del mundo, porque me reveló que su famosa venganza, fue una fría guerra sicológica. Solo bastaron unas cuantas amenazas para tenerme alerta toda la maldita tarde. Es muy astuta la infeliz. Bruja. La amo.

Dos horas después, Jesu y yo somos los últimos que quedamos en la casa de mis viejos, y ya es hora de irnos, nos levantamos del sofá para empezar a despedirnos de ellos.

—Papá, mamá, nos vamos. Tengo que dejar a mi *hobbit* en su casa sana y salva.

—Pero hijo, ya es muy tarde y el taxi les va a salir carísimo. ¿Por qué no te quedas esta noche, y mañana temprano se van después del desayuno? —propone mi mamá.

Miro a la Jesu para saber si quiere quedarse, y ella asiente con la cabeza, no se hace problema.

—Bueno, no me haré de rogar, nos quedamos entonces. Supongo que mi pieza no la convirtieron en bodega o en una «sala de juegos». —Esto último lo digo en un tono inquisidor.

—Ay, hijo, qué eres hablador, por supuesto que tu pieza todavía está intacta. —Mi mamá me reprende con una sonrisa maliciosa, es una degenerada. Todavía recuerdo esa vez que descubrimos su caja roja con mi hermana, en ella había preservativos, lubricantes, unas esposas, un anillo vibrador y un montón de juguetes para adultos. Tenía como diecisiete años y fue bastante impactante y perturbador encontrar ese «tesoro» de mis padres.

Despejo mi cabeza de esas memorias, y bostezo, estoy cansado y tan solo pensar en una cama me hace querer dormir como si tuviera narcolepsia.

—Solo está «esa» cama disponible, deberán compartirla —especifica mi mamá con picardía—, supongo que no debo recordarles que se comporten.

—Mamá, no seas pesada, ¿desde cuándo eres tan puritana?

—Ay no me aguantas ni una broma, eres un aburrido. Alfred, vamos a preparar la pieza para que estos niñitos duerman.

Mi mamá y mi papá se van y nos dejan solos, nos volvemos a sentar en el sofá y abrazo a Jesu, me gusta sentirla cerca y es la primera vez que lo hago desde que llegamos este mediodía. La echaba de menos.

—Perdona a mi mamá, Jesu, ella es un poco «irreverente».

—No diría que tu mamá es irreverente, es más bien… ¿Cómo expresarlo?... ¿Inusual? Sí, inusual. Nunca he conocido a alguien de su edad que sea de esa manera.

—Ella es diferente a cualquier mamá de este planeta, yo creo que es medio alienígena... ¿No te hicieron sentir incómoda en algún momento?

—No, para nada. Es rara esta sensación, pero siento como si los conociera hace tiempo.

—Es el efecto de esta casa, todos los que entran aquí dicen lo mismo.

Jesu bosteza y apoya su cabeza en mi hombro.

—Me gusta mucho tu familia.

—A mí también me gusta… a veces.

—Qué eres mala onda con ellos, mal hijo. —Jesu me mira con el ceño fruncido como si me estuviera reprendiendo, yo esbozo una sonrisa, y le guiño un ojo.

—No me mire así, señorita Montenegro. Imagine haber vivido veinticinco años en este manicomio. —Con el pulgar masajeo entre sus cejas—. No se enoje, era una broma, relaje esos musculitos que se arruga. —Beso su cabeza, su cabello huele a flores—. Sé que soy afortunado por la familia que tengo. Me quejo de lleno.

Nos quedamos un rato en silencio y echo la cabeza para atrás, estoy tan a gusto aquí, sintiendo el calor de su cuerpo cerca del mío. Cierro los ojos, el sueño comienza a invadirme.

—Te quiero, Jesu.

No hay respuesta, solo escucho el ritmo pausado de su respiración, mi pequeña se ha quedado dormida. Unos minutos después mi papá vuelve y me indica con señas que ya está todo listo.

—Jesu —susurro y le acaricio la mejilla—, pequeña, vamos a la cama, ya está todo listo.

Ella se despereza y se limpia la saliva de la comisura de su boca, cuando se da cuenta me mira y se pone roja.

—Perdón, te dejé una ballena dibujada en tu camisa.

—No te preocupes, yo tengo una colección en mi almohada, a todos nos pasa. Vamos.

Caminamos por el pasillo que da a los dormitorios, les deseamos buenas noches a mis viejos y mi mamá me pasa unos pijamas para que usemos. Entramos a mi habitación, la que usaba hasta hace dos años. Está tal cual, como si no me hubiera ido nunca. Jesu se espabila un poco y mira curiosa todo lo que hay en ella, algunos juguetes, unos diplomas, unos juegos, libros viejos.

—Esperaba ver las paredes tapizadas con la «Bomba 4», pero solo tienes posters de Los Tres y *Guns 'n Roses*.

—Oye, ¡qué me tienes mal calificado!

—¿Qué hombre no pone en su pared una *mina* en pelotas de la «Bomba 4»?

—Yo, y la regla de mi madre de no poner posters de *minas* en pelotas.

—Tu mamá es una mujer muy sabia.

—Sí, ahora entiendo por qué tenía esa regla. Me hubiera dado vergüenza ahora. —Recuerdo que tengo en la mano la ropa que mi mamá me pasó a la rápida, para que Jesu duerma—. Toma, mi mamá te dejo este… ¿pijama? —Le entrego una delicada prenda de… no sé qué mierda de tela era, pero era suave y de color negro, parecida a la seda, ¿en qué diablos estaba pensando mi mamá cuando me dio esto?

—Gracias, me voy a cambiar… ¿puedes? —Me hace un gesto para que me de vuelta y no la espíe mientras se pone el «pijama».

Me giro de inmediato y también hago lo mismo, aprovechando que ella me está dando la espalda. Rápidamente me quito la ropa y me pongo una polera vieja y gris que extrañamente me queda un poco apretada, y un pantalón de algodón negro.

—¿Estás lista? —pregunto para saber si darme vuelta o no.

—Sí.

Me giro, y casi me da un infarto, la miro embobado, se veía extremadamente sensual. La prenda no revelaba mucho en sí, pero se apegaba al contorno de su cuerpo. Jesu es delgada, pero también tiene curvas, y en los lugares precisos. Ella es simplemente perfecta.

«¿Cómo mierda pretende mi mamá que duerma tranquilo con la Jesu "vestida" así?».

—No me mires así, parecieras que me vas a comer.

—P-perdón, no fue mi intención… es que te ves hermosa, mucho… muy hermosa.

—Gracias. —Ella se me mira fijo y me recorre el cuerpo con la mirada—. Leo, parece que subiste de peso.

—¿Qué? —Me toco el abdomen por si tengo algo que me sobre, pero no siento nada—. ¿Por qué lo dices?

—Es que la última vez que dormimos juntos no recuerdo haber visto esos. —Me apunta con su diminuto índice—, pectorales… ni esos músculos… en los brazos… y tampoco la espalda tan... —Traga un poco de saliva—… tan ancha… ¿De dónde salió todo eso?

Esbozo una sonrisa, Jesu parece estar sorprendida, siempre he tenido el cuerpo así, por lo menos desde hace unos cuatro o cinco años. Estaba delgado, sí, pero no tanto como todos suponían.

—Es que cierta señorita me alimenta muy bien, con muchas proteínas, y en los hombres todas esas cosas se van a los músculos. Ya, no me mires así, pareciera que me vas a comer tú también.

—Acostémonos… durmamos… eso, durmamos.

Jesu está nerviosa. Sin duda va a ser una noche larga para los dos.

Dios, apiádate de ésta pobre y virginal alma, porque me dieron ganas de pecar.

Capítulo 16

Mi cama es de una plaza y media, reclamo mi lugar en el lado izquierdo que da a la pared, Jesu apaga la luz y se acuesta al lado mío. La cubro con el cobertor y siento el calor que emana su cuerpo, ella pega su espalda contra mi pecho y acomoda su cabeza en mi brazo, y yo automáticamente la abrazo cubriendo su hombro, y con mi mano libre estrecho su vientre. Una casi perfecta cucharita, casi, porque intento evitar a toda costa el contacto de nuestros cuerpos la cintura para abajo. No la quiero presionar, si llega a pasar algo esta noche, que sea porque ella lo desee.

—Buenas noches, pequeña. —Beso su cuello y su nuca—. Descansa.

—Buenas noches, Leo. —Se acurruca más a mí y entrelaza sus dedos con los míos.

Nos quedamos quietos, estoy tenso, no puedo relajarme del todo. Pasan los minutos lentamente, hasta un *iceberg* flotando en el mar es más rápido que el correr del tiempo. Cierro mis ojos, y a pesar de todo, comienzo inevitablemente a caer en ese sopor previo al sueño. Jesu se remueve incómoda, y me saca de ese aletargamiento bruscamente, y se da vuelta para quedar frente a mí.

—Leo… ¿puedo tocarte? —pregunta en voz baja.

—Pero si me estás tocando. —Sé lo que intenta decirme, yo simplemente me hago el *hueón*.

—Pesado, sabes a lo que me refiero.

—Proceda, señorita Montenegro. Pero no me hago cargo de lo que usted vaya a provocar. Todo lo que suceda de aquí en adelante, será bajo su responsabilidad —sentencio juguetón, trago saliva, mi garganta está seca, y siento que mi voz ha bajado dos tonos.

—Si serás fresco, como si tú no tuvieras fuerza de voluntad.

—Con ese pseudo pijama que llevas puesto, mis reservas de fuerza de voluntad ha sido reducidas a niveles alarmantes.

—En ese caso, voy a proceder, señor Apablaza —contesta con una provocativa risa que desconozco.

Jesu me acorrala, no tengo escapatoria, ni quiero tenerla. Se enreda en mi cuerpo y me besa con hambre, y yo respondo de la misma manera. Nos devoramos con intensidad mientras ella recorre mi torso y mi espalda por debajo de la ropa, sus dedos se entierran en mi piel con avaricia, y yo solo la sostengo entre mis brazos. Siento como ella roza intencionalmente su monte de venus en mi ya dolorosa erección, es delicioso este calvario, es como estar en el jardín del Edén y en el segundo círculo del infierno a la vez.

—Tócame… Leo, hazlo por favor —suplica ella, entre beso y beso, y finalmente cedo a lo que me pide con tanta necesidad.

Lentamente mis manos abandonan su espalda y exploro su silueta por debajo de su ropa, mis manos se sienten enormes tocando su cuerpo, con parsimonia acaricio desde su vientre hacia arriba, sintiendo la suave piel de entre sus senos. Su respiración es profunda e irregular, mi palma se posa sobre su pecho y descubro cómo su corazón late desbocado.

Con una de mis manos encierro su seno, y su carne firme la llena, es perfecta. Atrapo su pezón que se pone duro con el delicado contacto de mis dedos. Se me hace agua la boca, y al instante, bajo su camisola y expongo sus pechos redondos y turgentes, lamo y succiono sin parar como si fuera una suculenta fruta jugosa. Jesu jadea, su piel está encendida, y se ha convertido en un ser totalmente sexual frente a mis ojos. Le doy las mismas atenciones a su otro seno que clama para ser adorado. Su cuerpo es extraordinario, responde a cada caricia, a cada beso, estoy asombrado y deseo recorrerla por completo con mis manos y mi boca.

—Te deseo, Jesu —susurro a su oído con mi voz rota de anhelo—. No sabes cuánto.

—Entra en mí, Leonardo, quiero que seas mío. Ahora, ya no quiero esperar más.

Sus palabras, su orden que demanda ser obedecida por mí en el acto, me hace perder el poco control que me queda. Ella se aferra a mi cuerpo con desesperación, y yo no puedo contenerme más, estoy excitadísimo a más no poder que llega a ser doloroso, tengo un deseo irrefrenable por poseerla, no me importa nada más. Quiero hacerla mía, solo mía.

Me incorporo y me quito la polera en un movimiento casi violento, y la vuelvo a besar con voracidad mientras ella intenta quitarme el pantalón y mis boxers, todo al mismo tiempo, trato de ayudarle torpemente, y después de un par de intentos, me encuentro desnudo sobre ella que aún está vestida.

Jesu me acaricia y explora todo mi cuerpo, evitando ir directamente donde más lo necesito. La suave tela que cubre su piel resbala entre nosotros en un roce sensual que me exaspera, porque se ha convertido en una barrera para sentirla totalmente.

Todo está en silencio, salvo nuestros jadeos y gemidos ahogados. No puedo creer que esto está pasando ahora, no sé si es fantasía o realidad. Mi cabeza se llena de pensamientos y temores, pero el hecho de estar así con ella, los entierra con el paso de los minutos.

—Quiero estar sobre ti, déjame dártelo todo —murmura Jesu a mi oído, y luego succiona el lóbulo de mi oreja. Me va a matar, lenta y placenteramente, esta mujer me va a matar.

Sin dudar acato lo que me pide. Ella, de manera ágil y con gracia me monta, y se quita la maldita prenda que me impedía verla en todo su magnífico esplendor. Mi habitación está en penumbras, pero soy capaz de ver cada milímetro de su maravillosa anatomía. Mis manos recorren toda su piel, su cuello, sus pechos, sus caderas hasta llegar a su apetitoso trasero redondo y suave, y sin poder evitarlo lo aprieto para sentir como ella se excita cada vez más.

Me falta el aire, es insoportable esta sensación de tenerla y no poder estar en dentro de ella, y como si notara mi agonía se quita su última barrera para terminar con mi sufrimiento. Siento su resbalosa humedad que se impregna en mi miembro, y mi mundo comienza a derrumbarse, en el momento que ella toma mi erección con una de sus manos y se la introduce lentamente en su interior, y yo siento como cada milímetro de mí se envuelve en ella.

Es increíble cómo se abre para mí y me atrapa por completo, Dios, la siento en todas partes, un calor líquido que emana de su interior recorre todo mi cuerpo como una onda expansiva y yo dejo de respirar, no quiero que se mueva aún, si lo hace perderé el control y explotaré sin remedio. Inhalo y exhalo profundamente para retener el gobierno sobre mi cuerpo, quiero que ella disfrute, no deseo decepcionarla.

—No te muevas, Jesu, por favor —suplico en voz baja—, o esto será breve, quiero sentirte, quiero que goces.

—Ya me sientes, Leo, no importa que sea breve. Es mi regalo para ti, ésta será la primera de muchas.

Sus palabras me tranquilizan, por arte de magia me relajo y me entrego a todo lo que ella pueda darme. Jesu comienza a cabalgarme lentamente y mis manos se anclan firmemente en sus caderas. Rápidamente siento que todos mis sentidos se centran en aquel lugar donde nuestros cuerpos están unidos, y una exquisita tensión se propaga en mis testículos donde siento cada uno de sus movimientos. Percibo que todo en ella se tensa y convulsiona, y el calor que irradia desde su centro se apodera de mí. Jesu comienza a gemir extasiada y mientras entierra sus uñas en mi pecho acelera furiosamente el ritmo de su vaivén. Mis caderas toman vida propia y me entierro en ella con fuerza sin soltarla, una, dos, tres veces. El aire abandona mis pulmones, mis músculos se tensan, y estallo poderosamente, derramándome en su interior, exhausto y en la gloria.

Jesu cae abatida sobre mí y yo la abrazo intentado recuperar el aliento, cierro mis ojos con fuerza. Ella me ha marcado para siempre, ha dejado su huella imborrable tatuada como hierro caliente en mi alma y en todo mi ser.

Le pertenezco, ella es mi dueña, la primera, la única, y espero —Dios me ampare—, la última.

Capítulo 17

Diez minutos después…

—¡Leo, ¿cómo es posible que ya estés así de nuevo?!

—¿Tengo que recordártelo?, tú has provocado esto.

—En ese caso, será un placer hacerme cargo de la situación.

Jesu me da una sonrisa sensual y perversa, lentamente comienza a besar mi pecho emprendiendo un peligroso descenso.

«¡Voy a morir!… pero no importa, moriré feliz».

Veinte minutos después…

—¿No se supone que eras virgen?, ¿dónde aprendiste eso?

—No sé, se me ocurrió que podría gustarte.

—Tienes una mente maravillosa y traviesa… he creado un monstruo.

—Mira quién habla de monstruo ¿de verdad tuviste tres orgasmos?

—Ay, Leo, haz la siguiente ecuación, mi experiencia previa nunca fue satisfactoria, a eso súmale tres años de abstinencia, multiplícale la tensión sexual acumulada de nuestros sabrosos postres, elevado a ese cuerpazo que tienes y lo mucho que nos queremos. El resultado, los tres orgasmos más potentes de mi vida, y sin olvidar el del primer *round* que también fue increíble. En todo caso, no sabía que podía tener más de uno.

—Las cosas que dices, mujer. —La beso con ternura—, te quiero mucho.

—Yo también, cielo.

Nos abrazamos, soy el hombre más feliz del puto mundo.

Un minuto después…

—Mierda, ¡no usé preservativo!

—¿No tienes en tu billetera?

—No, se suponía que venía al cumpleaños de mi hermana, no a perder mi virginidad. No ando con la cochinada en la mente todo el rato.

—Yo sí, tengo algunos en mi cartera desde que estamos juntos… pero creo que ya no vale la pena. Si fuera mala, te torturaría diciéndote que estoy en mis días fértiles, pero no lo estoy. Hace dos días se terminó mi período. —La miro desconcertado, no entiendo de qué me habla—. Estamos seguros, por hoy.

—Ahhhh, ya entiendo. —Voy a tener que repasar mis conocimientos de educación sexual y ciclos femeninos. Me siento como un Hombre de Cromañón de lo ignorante que soy.

—No te preocupes, cielo, pero debemos acordarnos para la próxima, o tendremos problemas —advierte como si un embarazo fuera el fin del mundo.

—Un hijo no es un problema, Jesu —digo convencido—, las cosas serán un poquito más difíciles, pero nunca un problema.

—¿No te asusta que yo quede embarazada? —pregunta sorprendida por mi declaración.

—¿Debería? Jesu tengo veintisiete años, no diecisiete. Solo tengo que ser más responsable y precavido de aquí en adelante.

—Puedo tomar pastillas anticonceptivas si quieres. Nunca las he tomado, pero puedo ir al ginecólogo para que me las recete.

—¿Por qué no has tomado antes? —interrogo extrañado por su propuesta. Ella estuvo *pololeando* un año con Rodrigo, asumo que tomar pastillas anticonceptivas es lo normal cuando se tiene una pareja estable, aunque sea un *gay* encubierto.

Jesu se queda en silencio, ella es una mujer de respuestas inmediatas, y el hecho de que no me diga nada, me hace conjeturar millones de alternativas.

—Peque, necesito que confíes en mí, por favor cuéntame… prometo no juzgarte por cosas que ya están hechas. Además, yo no soy nadie para hacerlo. Dime, no puede ser tan malo.

Ella se pellizca el puente de su nariz y luego me abraza aún más como si estuviera buscando valor para contarme.

—Voy a comenzar desde el principio… antes de conocer a Rodrigo… yo tenía la fama de ser una «suelta».

—¿Suelta?, ¿te refieres a «andar con Pedro, Juan y Diego»? —digo un poco cortante, intento controlar la ola de celos que me llenan la cabeza de absurdas imágenes mentales de Jesu con otros hombres, teniendo sexo a destajo.

—Dije fama, no que lo era en realidad. Tener la misma moral de un hombre no me hace ser una suelta —explica un poco molesta—. Empecé a *pololear*, desde los quince años, pero a esa edad una no tiene noción de nada, las hormonas se hacen dueñas de tus actos, pero para desdicha de cada uno de mis *pololos* nunca

les «di la pasada», ni siquiera dejaba que me toquetea-
ran. —Esbozó una sonrisa—. Ni siquiera les insinuaba
que quería tener sexo. Sentía que eso debía hacerlo con
alguien realmente especial e importante. Entonces,
ellos se aburrían después de un tiempo y me dejaban, y
yo era de la filosofía de que «un clavo, saca otro clavo».

*«Ahora entiendo todo. Soy un imbécil, tarado,
estúpido, machista, tonto, tonto, ¡tontoooooooo!».*

—Entonces, imagino que dejaste un montón de
egos de machos heridos y vengativos. —Maldita tes-
tosterona, me hace pensar estupideces, Jesu no merece
que haya pensado así de ella.

*«Leonardo Miguel Apablaza Rivera, eres un machista
de mierda, ¿y así te jactas de ser un hombre "progresista"?
No merezco a esta mujer, pero no me importa, no pienso dejarla nunca, nunca, ella es solo para mí».*

—Cuando conocí a Rodrigo, tenía veinte años
y mi fama no era de las mejores —relata—, empecé
a salir con él cuando íbamos en el segundo año de
carrera. Me enamoré de él porque nunca le importaron
los comentarios maliciosos, ni me presionó para tener
relaciones sexuales con él. Me apoyaba, era un gran
compañero y amigo… en realidad era un buen hombre.
Con el tiempo empecé a presionarlo a él para que me
«diera la pasada», toda una ironía del destino. Insistí
tanto que finalmente un día me dijo que sí.

—Entonces con él tuviste tu primera vez.

«Maldito afortunado, lo odio».

—Sí, él ya tenía experiencia, pero en ese terreno
siempre fue frío. Todo el tiempo pensé que yo no era
suficiente para excitarlo, siempre sentía la sensación de
que él estaba en otra parte cuando teníamos relaciones.
Me llené de inseguridades y mi autoestima se fue a pi-
que. No éramos unos conejitos retozones precisamente,
y por eso él nunca encontró que fuera necesario que yo

usara pastillas. Fácilmente podría contar con los dedos de mis manos las veces que hice el amor con él.

—Supongo que al enterarte de su verdadera naturaleza, comprendiste el porqué de las cosas.

—Con el tiempo entendí todo. —Ella se incorpora y me mira directamente a los ojos—. Leo, estar contigo ha sido maravilloso. Por primera vez me siento mujer, puedo sentir que me deseas, que tu mente y tu corazón están conmigo. Gracias, mi amor, me has hecho muy, muy feliz.

—No hay nada que agradecer, soy yo el agradecido, me siento un hombre afortunado de tener una mujer como tú a mi lado. Pero debo advertirte algo.

—¿Qué cosa?

—Ahora sabrás lo que es ser conejitos retozones. —Tomo su mano y la pongo sobre mi nueva erección —. ¿Te quedan energías para ayudarme a noquear a esta cosa que tiene vida propia?

—Oh sí, todavía me queda algo para ti.

—Soy todo tuyo. Haz conmigo lo que quieras.

—Sí que lo haré.

Creo que yo también acabo de crear un monstruo… ¡y me encanta!

Capítulo 18

Despierto lentamente, el día está un poco nublado y agradezco que los rayos solares no me den de lleno en los ojos, me duele todo el cuerpo.

Tuve un sueño muy vívido, demasiado diría yo. Soñé que hacía el amor con mi Jesu, fue tan extraordinario, tan real...

Fue real.

De inmediato soy consciente de su cuerpo desnudo enredado con el mío, ella duerme profundamente y en su rostro solo puedo ver serenidad, parece un pequeño ángel soñando sobre mi pecho. Cierro mis ojos y evoco los recuerdos de la noche más asombrosa de mi vida, Jesu es increíble. Ninguno de los dos es experto en la materia, pero eso no tiene nada de malo, porque únicamente indica que lo nuestro solo puede mejorar. Al fin y al cabo, estábamos en igualdad de condiciones, yo era físicamente virgen y ella lo era en el fondo de su espíritu. Mi Jesu no tuvo un hombre adecuado que la iniciara en el sexo, la llenó de inseguridades y le entumeció su sensualidad. Pero ahora, tengo toda la impresión de que ya no se siente así. No sé si seré lo suficientemente bueno para ella, pero le daré todo lo que soy, todo lo que tengo y más si es posible.

Jesu ha sido como un gran regalo que me ha dado la vida, como una segunda oportunidad de hacer las cosas bien. La encontré sin buscarla, y se ha convertido en una parte importante de lo que soy ahora.

Mi compañera, mi amiga, mi amante… mi mujer. Estoy perdidamente enamorado de ella. Esto que siento no se acerca ni siquiera a lo que sentí alguna vez por Eva, aquello por lo que estuve tan ciego por tanto tiempo lo puedo catalogar con una sola palabra: «obsesión virginal» —bueno, son dos palabras pero lo explican bastante bien—. Esto que hay en mi alma es mucho más profundo de lo que alguna vez imaginé. ¿Ella se sentirá igual que yo?, solo deseo que sea así, y si no es de esa manera, haré todo lo que tenga que hacer para lograr que ella me ame.

—Creo que te amo, Jesu —susurro suspirando—, con toda mi alma.

Acaricio su espalda tibia durante unos minutos, y de pronto ella se remueve, abre sus ojos perezosamente, me mira somnolienta y una sonrisa ilumina su cara.

—Buenos días, Leo.

—Buenos días, mi pequeña *hobbit*, ¿dormiste bien?

—De maravilla, la mejor noche de mi vida. —Sonríe con malicia—. Señor Apablaza, lo de anoche ha sido toda una revelación, tiene talento innato para ciertas actividades… mmmm, que ya quisiera repetir, pero lamentablemente me duele todo.

—¿Así que una revelación?, por favor siga levantando mi ego y fundamente su respuesta.

—No te lo diré, eso queda bajo secreto de sumario.

—Voy a tener que practicar mis nuevas habilidades contigo para que hables. —Le doy un beso profundo mientras mi mano se desliza por todo su cuerpo hasta llegar hasta su pubis, exploro y acaricio con mis dedos hasta llegar a su centro cálido, y noto que ya está húmeda. Acaricio con suavidad, y ella comienza a levantar sus caderas como si me estuviera pidiendo más. Introduzco mi dedo medio y ella sorpresivamente jadea tomando una bocanada de aire, suena tan erótico que de inmediato despierta todos mis instintos animales por poseerla de nuevo.

A la luz del día puedo apreciar su cuerpo de otra manera, ahora puedo ver el color rosa de sus pezones y la perfecta redondez de sus pechos, el leve tono tostado de su piel, y los lunares que salpican su cuerpo.

Preciosa. Quiero entrar en ella ahora.

—Niños, ya está listo el desayuno. ¡Arriba! —anuncia mi mamá desde el otro lado de la puerta, ¡tan inoportuna que es!, me arruina el momento. Entierro la cabeza en la almohada de pura frustración.

—¡¡¡Ya vooooooy!!! —replico gritando mientras las plumas amortiguan mi tono molesto.

—¡No me grites así, mierda!, soy tu mamá, no un *cabro chico* de tu edad. ¿¡Qué te has imaginado que soy!?, chiquillo de... —Y se desvanece la voz de mi mamá que se aleja irritada reclamando.

Jesu se mata de la risa, se carcajea hasta que se cansa la muy ladina y le muerdo un hombro para que deje de hacerlo.

—¡Au!, ¡animal!, eso me dolió.

—Levántate, *hobbit*, mi mamá no perdona, va a estar en un minuto de vuelta con su «medoliosa» voz. Ni siquiera tenemos tiempo para un rapidito. En otra ocasión será.

—¿En serio?, ¿de verdad que no podemos? —Su mano comienza a descender y atrapa mi erección y comienza a hacer ese exquisito movimiento de arriba hacia abajo.

—Pequeña, por favor...

—¡Ya *po'h*, hasta que hora espero al parcito! —Nos presiona mi mamá volviendo a la carga.

—¡Ya vamos! —replicamos al unísono, mientras nos vestimos rápidamente, la ducha tendrá que ser después de comer.

Desayunamos junto a mis viejos, quienes de vez en cuando nos miran a los dos, y luego tienen una extraña comunicación no verbal entre ellos. Todo está silencio, salvo por el sonido de las tazas al chocar con los platillos.

Tal vez son ideas mías y solo estoy un pelín paranoico. Jesu come como si no lo hubiera hecho nunca, creo que sufre de «hambruna post coital», y a propósito de eso, yo también estaba comiendo como energúmeno. El sexo da mucha hambre.

—Alfred, anoche me di cuenta que se acabó el aceite de oliva —dice mi mamá de pronto, sacando un tema de conversación de la nada.

—¿El extra virgen? —pregunta mi papá recalcando la palabra «virgen» y mirándome a los ojos, antes de tomar un sorbo de té.

—Sí, la Jesu le dio como bombo en fiesta al último conchito que quedaba ayer —afirmó mi mamá suspirando, poniendo énfasis en el nombre de la *hobbit*, en un tono que me resultó acusador—. Parece que se le pasó la mano con el aceite de olvia extra virgen para aderezar a las ensaladas.

Miro de reojo a la Jesu, está colorada como tomate maduro masticando su pan en silencio.

—Qué lástima, ese aceite era de gran calidad, el mejor —dice mi papá esbozando una pícara sonrisa —. Pero no importa, ya había durado demasiado, era hora de que se acabara, ¿no crees, mi amor?.

«¿Son ideas mías, o mis viejos nos sacaron la foto?».

—¡Ah!, casi lo olvido —interrumpe mi mamá—, estuvo vibrando un celular harto rato, no sé de quién de ustedes dos es.

«*Gracias a Dios cambiaron el tema del aceite "extra virgen"*».

—Mi celular no es, se me descargó anoche —aseguro—, puede que sea el tuyo, Jesu.

—Sí, es lo más probable. Más rato lo veré.

—Puede ser algo importante *mija*, de verdad fueron varios llamados seguidos —insiste mi papá.

—Tiene razón, Alfredo, mejor voy a ver quien llamó, con permiso —claudica finalmente Jesu y se retira de la mesa.

Busca su teléfono en su cartera y mira desconcertada la pantalla. De inmediato devuelve el llamado, y su conversación no la puedo escuchar desde donde estoy, solo puedo ver que su rostro se torna serio y preocupado. Su conversación no es extensa, pero fue suficiente para que cambiara su estado de ánimo.

—¿Pasa algo malo? —pregunto ansioso cuando ella vuelve a la mesa.

—No sé. Era Josefina, mi hermana, me pidió que fuera a verla a su casa ahora. No me explicó por qué, pero no suele pedirme que la visite, y menos de manera tan urgente. Estoy súper preocupada… creo que mejor me voy.

—¿Te acompaño? —ofrezco— ¿Te voy a dejar?

—No, cielo, no es necesario. Primero debo ir a mi casa a cambiarme y luego voy donde mi hermana. Más rato te llamo para contarte.

—¿Segura?

—Sí, no te preocupes.

Diez minutos después, la estaba despidiendo en el paradero de locomoción colectiva, sin tener ni una pizca de ganas de separarme de ella. Estoy inquieto, algo no anda bien, pero tengo que aguantar hasta que ella me llame. Solo espero que no sea grave.

Capítulo 19

Las horas pasan y no tengo ninguna noticia de Jesu. Estoy en mi casa, intento matar el tiempo lavando mi ropa, haciendo el aseo, preparando la comida que llevaré el día de mañana. No me gusta esta sensación de desasosiego, necesito moverme. Recuerdo que hace un tiempo me compré zapatillas para correr, las busco y las encuentro en su caja. Me cambio de ropa y salgo sin rumbo fijo.

Troto, sin exigirle demasiado a mis piernas, solo necesito sentir que estoy haciendo algo, pero sin usar mi cerebro. Suena *Queen* en mi móvil y me desconecto. Benditos sean esos cromosomas XY que le dan la capacidad a los hombres para pensar en nada, pero en nada de nada. Es la cosa más útil que la naturaleza nos ha dado, cuando queremos escapar mentalmente por un rato, logramos hacer eso, irnos a blanco y hacer cualquier otra cosa rutinaria y mecánica, como correr.

Media hora después, la voz de Freddy Mercury es interrumpida por una llamada entrante, me detengo al instante para ver si es ella. Veo su foto en la pantalla y contesto ansioso.

—Hola… Jesu —saludo jadeante.

—Hola… ¿qué estás haciendo?, ¿interrumpo algo? —consulta dudosa.

—Estaba… corriendo.

—Ahhhh, eso explica mucho —expresa como si estuviera aliviada.

—¿Cómo estás?

—Podría estar mejor. —Suspira—. ¿Leo, puedo verte un rato?... No quiero estar sola hoy.

—¿Qué pasó?

—No quiero hablar de esto por teléfono… ¿puedes venir a mi casa?

—Claro, en una hora estoy allá.

—Gracias… nos vemos.

—Nos vemos, preciosa… ya voy a tu casa. Adiós

Definitivamente se nos viene algo difícil. Miro la hora, son las seis de la tarde, más vale que me apure.

Retorno a mi casa, me ducho rápidamente, me visto, preparo un bolso con una muda de ropa y llevo el almuerzo que preparé hace unas horas. No creo que vaya a visitarla por diez minutos y devolverme, así que debo ser precavido.

Salgo a la calle con el bolso al hombro, tomo el primer taxi que aparece en mi camino, necesito llegar rápido a su casa y abrazarla. Jesu me necesita.

Llego exactamente una hora después de hablar con ella, noto que el portón de la reja está sin llave, así que entro y golpeo directamente la puerta principal. Ella me abre casi al instante, su semblante es una mezcla de emociones, se ve triste, preocupada, pero en sus ojos veo alivio y calidez. Me abraza fuerte enterrando su cara en mi pecho, suelto mi bolso, cierro la puerta tras de mí y la rodeo con mis brazos. Ella llora en silencio, todo su cuerpo se agita en el ritmo desolador de sus lágrimas. No tengo palabras para consolarla, no tengo idea de lo que sucede en este momento, solo la abrazo, beso su cabeza y la contengo.

—Mi hermana… la Jose… tiene cáncer. —Su voz se desgarra con esa oración y su llanto se vuelve más intenso—. Tiene cáncer, cáncer… no puede ser, ¡ella no, ella no!… ella no. —Sus rodillas ya no la sostienen y se derrumba, mientras que yo también me arrodillo junto con ella.

Sus palabras me desarman… cáncer. Es increíble todo lo que destruye una palabra de cinco letras. Enfermedad de mierda que se lleva a tanta gente buena, si no tienes millones no hay cómo tratarla a tiempo, porque ¿para qué vamos a mentir?, si eres pobre lo único que te dan son tratamientos paliativos, ni siquiera intentan sanarte. Un pobre enfermo de cáncer es un *cacho* para el sistema de salud público, y es más fácil dejar que te mueras lentamente, que intentar salvarte.

Mi pequeña llora desconsolada, todo se ve tan oscuro, tan triste y no puedo evitar sentir lo que ella siente, me destroza verla así, su dolor es el mío, su angustia, su pesar, todo lo vivo en carne propia.

No quiero verla así. Tengo un nudo en la garganta que amenaza con transformarse en llanto, pero no quiero hacerlo, debo ser fuerte para ella, para los dos, no debo llorar. Sin embargo, no puedo evitarlo, mis esfuerzos son inútiles, un par de lágrimas solitarias emergen de mis ojos, poniendo en evidencia mi pesar e impotencia.

No sé cuánto rato estuvimos de rodillas, solo sé que de a poco fue remitiendo el lamento y dolor que salió de su alma. Lentamente, la calma vuelve a nosotros, levanto a Jesu del suelo y la llevo en brazos para que descanse en el sofá.

—Espérame un momento, pequeña, regreso en un ratito.

Voy al baño, me lavo la cara, y saco papel higiénico. Luego voy a la cocina por un poco de agua con azúcar. Al regresar a su lado le doy el papel para que pueda secar sus lágrimas y limpiar su diminuta nariz.

Después le ofrezco el vaso de agua, lo mira de una manera indescifrable y luego sonríe levemente.

—Gracias. —Se toma el agua hasta vaciar el vaso, se limpia la boca con el dorso de su mano y suspira—. Me hiciste recordar a mi viejo, él hacía lo mismo cuando yo tenía pena.

«*Ahora sí se va a poner triste, ¡bien hecho, Leo!, eres un genio*».

—No lo sabía, lo siento.

—Está bien, no te preocupes, me gusta que hayas hecho esto por mí. De verdad aprecio lo que haces, cielo.

Me siento a su lado y la abrazo, beso su cabeza. Me encanta su aroma.

—¿Estás mejor, peque?

—Sí, ya estoy más tranquila. —Suspira con dificultad—. Ya me habría vuelto loca si no estuvieras aquí.

—¿Puedes contarme lo que pasó?

—Josefina es mi hermana mayor, tenemos diez años de diferencia de edad, tiene treinta y cinco… es tan joven. —Toma una profunda y entrecortada respiración y prosigue con su relato—. Hace un mes, fue al médico porque sintió algo raro en uno de sus pechos y le dolía. Se asustó… mi mamá falleció de un cáncer fulminante, no se pudo hacer nada cuando ella enfermó. La Jose se hizo un montón de exámenes y el viernes le dieron los resultados… está en la fase II. El doctor le dijo que tuvo mucha suerte, es muy raro sentir dolor en esa instancia.

—¿Eso qué significa? ¿Es operable? ¿Hay posibilidades de que pueda recuperarse?

—Le dijeron que influían muchos factores, pero sí, es operable. El tratamiento, va a depender del resultado de la cirugía. Pero es algo que solo el tiempo dirá… nada es seguro. ¡Dios!, solo quiero que no le pase nada.

—Aún hay esperanza, mi *hobbit*, todo se puede solucionar. Hay que agotar todos los recursos.

—Sí, pero para poder agotar recursos hay que comprarlos... El sueldo de mi cuñado y me hermana no es suficiente. Las ganancias de la botillería no son millonarias, no sé cómo vamos a costear un tratamiento que no sabemos cuánto tiempo tomará.

—¿No tienen alguna propiedad para vender?, ¿algún auto?, no sé algo que puedan sacarle plata rápido.

—La Jose no puede vender su casa, no lleva ni tres años viviendo en ella... Mi otra hermana, Mariana, ella también está casada y está recién pagando su departamento, ninguna tiene auto, ni... —Se queda pensativa un instante y luego abre mucho sus ojos—. ¿Cómo puedo ser tan idiota?, ¡esta casa! Es de nosotras tres, si la vendemos, podemos darle nuestras partes a mi hermana para pagar el costo de la operación, y tal vez el tratamiento.

—Esta casa era de tus papás... tienes razón. Pero, ¿y tú?, ¿dónde vivirás?

—Eso ya lo arreglaré, puedo arrendar en cualquier parte, ahora que voy a trabajar de manera indefinida, eso será fácil de resolver.

A mí se me ocurrió una idea mejor que ella «arriende en cualquier parte», pero creo que podría asustarla. Habrá que ver cuánto tiempo tomará vender esta propiedad. En fin, no se lo diré ahora, porque hasta yo me estoy asustando del tenor de mis deseos.

—Voy a llamar a mis hermanas para ver que tal les parece la idea. —Una sonrisa se asoma tímida en sus labios y su tono de voz es más animado y relajado. Qué alivio, Jesu ya está viendo todo con más optimismo, al igual que yo. Aún hay esperanza.

Toma su celular, primero llama a Mariana y le cuenta sobre el plan de vender la casa familiar, ella se resiste un poco, pero los contundentes argumentos de Jesu la convencen en pocos minutos. Una menos.

Luego llama a Josefina, ella es más dura, no desea que Jesu pierda un lugar donde vivir. En ese momento vi a mi *hobbit* como una mujer totalmente transformada, su tono se volvió autoritario y sin derecho a réplica, y bajo ningún punto de vista aceptó un no por respuesta. ¡Diablos!, hasta a mí me dio cosa, estuve a punto de agarrar el celular y pedirle a Josefina que por favor aceptara de una buena vez para que la Jesu volviera a ser la de siempre.

Gracias a Dios, y después de insistir mucho, ella cedió y ya están las tres de acuerdo —al fin—, mañana mismo empezarán con los trámites para poner en venta la casa.

—Esa carita ya tiene mejor pinta —comento cuando corta el llamado con Josefina.

—Sí, ahora se ve todo un poco más esperanzador… ya me está volviendo el alma al cuerpo. —Se escucha fuerte y claro un ruidito directo desde sus tripitas—… y el hambre también.

—¿Has comido algo, pequeña?

—Nada, desde el desayuno

—Pero, mujer, eso es un sacrilegio, vamos a algún almacén a comprar pan y después preparamos la once ¿te parece?

—Excelente idea. —Me mira con una genuina sonrisa en sus labios—. Gracias, Leo, por todo, eres lo mejor que me ha pasado.

—Tienes razón. Yo también soy lo mejor que me ha pasado —concuerdo pícaro.

—¡Pesado! —Ríe—, una le habla en serio toda romántica y el perla bromea.

—Jesu, tú no eres lo mejor que me ha pasado. —Le guiño un ojo—. Eres un milagro en mi vida.

Me sonríe y me abraza. Yo busco sus labios, y la beso con ternura disfrutando cada segundo que estoy con ella. No me importa si todo se pone difícil, con Jesu lo quiero todo.

Capítulo 20

A eso de las diez de la noche, y después de otro día agotador, decidimos que era buena hora para ir a descansar. Me lavo los dientes, me pongo pijama e intento entrar a un estado zen para no excitarme cuando me vaya a dormir con ella. Jesu ya está en la cama, tapada hasta la cabeza y acurrucada esperando por mí, la habitación solo está iluminada por la tenue y cálida luz de la lámpara que se encuentra en el velador. Me acuesto y la abrazo en una cucharita. Mierda, acabo de notar que ella no usa pijama, está como Dios la echó al mundo.

«¿Por qué?, ¿por queeeeeé me tienta de esta manera?».

Trago saliva, que ella esté sin ropa no significa que me esté invitando a hacer el amor si sé que su costumbre es dormir de esta forma. En todo caso, dudo que esté de ánimos para retozar como conejitos.

Hago un titánico esfuerzo por dominar al animal que acaba de despertar y que está a punto de boicotear mis buenas intenciones de solo dormir con ella.

—Buenas noches, pequeña *hobbit*, descansa. —Le beso el cuello.

—Buenas noches, Leo. —Suspira—. Te quiero mucho.

—Yo también, *hobbit*.

—Estoy muy contenta de que estés aquí conmigo.

—No podría estar en otro lugar, siempre estaré para ti.

—La gente dice que «siempre» es demasiado tiempo.

—Eso solo lo dicen los cobardes. Yo no lo soy, dejé de serlo el día que te dije que me gustabas, cada día me haces ser más valiente.

Ella gira un poco su cabeza para mirarme y me dedica una amplia sonrisa que irradia felicidad.

—Definitivamente eres un alienígena, ¿qué clase de hombre dice cosas así?

—Yo, tal vez soy un *reptiliano* y no me he dado cuenta de ello.

Jesu ríe, a carcajadas, no se contiene. Me da tanto gusto verla de esa manera, disfrutando del momento a pesar de todo lo que ha sucedido el día de hoy. Me contagia y reímos juntos envueltos en una jocosa catarsis hasta no poder más.

Cuando al fin logramos respirar tranquilos y en paz, Jesu se da vuelta completamente, me besa suavemente y me abraza.

—¿Cómo le haces para hacerme reír siempre?

—Me gusta verte así, *hobbit*, fue lo primero que me llamó la atención de ti. Tu eterna sonrisa.

—Interesante saber ese tipo de cosas, ¿sabes en qué momento me empezaste a gustar?

—Dime, me gustaría saber en qué momento perdiste la cabeza por mí.

—Fue en esa época en que estabas mal por ella… yo llevaba como un mes de práctica. No recuerdo que fue lo que dije, pero fue algo que te hizo sonreír, hasta ese momento siempre andabas serio y te matabas trabajando. ¿Sabes que se te transforma el rostro cuando sonríes?, tienes una sonrisa muy bonita. Es muy cálida… y te hace ver muy atractivo.

—Estás loca, ¿cómo es posible que te haya gustado por mi sonrisa?

—Bueno, a mí me gustó.

—Usted. —La beso—... es la persona. —La vuelvo a besar—... más rara y encantadora. —Y le doy otro beso más—... del mundo. —Y remato con un beso profundo, abrasador y lleno de ansias.

Ella sin dudar se abre para mí y nuestras lenguas se funden en una danza voluptuosa llena de pasión. Se fueron al tacho de la basura todos mis planes de solo dormir, y me convierto en una bestia que solo anhela devorarla por completo.

Sin dejar de besarla me cierno sobre ella, tomo sus muñecas y las pongo sobre su cabeza. Jesu jadea sorprendida y se deja hacer, la miro a los ojos y en ellos solo veo deseo. Una sonrisa perversa se asoma en sus labios dándome carta blanca para hacer lo que se me plazca con ella.

Saqueo su boca y bebo de ella como si estuviera en el desierto muerto de sed, suelto sus muñecas y ella aferra las manos al respaldo de la cama. Desciendo por su cuerpo dejando un rastro de besos en su cuello, sus pechos, su vientre. Toda su piel se eriza con mi contacto y su dulce voz se llena de suspiros. Me levanto de la cama, me pongo de pie y alejándome un par de pasos la miro fijamente.

—Quédate así —ordeno suavemente—, quiero ver cómo es todo tu cuerpo.

Jesu asiente y se queda quieta. ¡Dios!, se ve bellísima. Puedo ver cómo su rostro se tiñe de un tenue rubor, y su pecho sube y baja al compás de su respiración agitada. Cruza sus piernas inquieta y noto como sus muslos ejercen presión en su centro, toda ella exuda sensualidad.

—Hermosa, eres realmente hermosa —expreso con absoluta devoción por ella.

Me acerco a la cama y con mis dedos recorro sus formas con parsimonia, desde la punta de sus pies, hasta llegar a sus labios tibios y tersos, y luego comienzo el camino de regreso, pero me detengo en su pubis. Jesu abre sus piernas y permite que yo siga mi recorrido.

¿Qué sabor tendrá?, me pregunto. Sin perder el tiempo me abro paso entre su carne y descubro que su humedad y su aroma están por todas partes, e invaden mis sentidos. La penetro con lentitud y suavidad con mi dedo índice, y luego lo chupo para probar a que sabe Jesu. No hay nada que se le parezca a esto, es único. Es su esencia en estado puro, es sexo, es animal, es suave, es ella, lista y dispuesta para mí.

Me fascina.

Mi miembro se tensa y palpita con tan solo pensar en estar dentro de su calidez. La deseo, la deseo como nada en este mundo. Pero hoy soy masoquista, porque quiero que esté tan excitada y a punto de explotar como yo. Quiero entrar en ella y encontrar el placer, los dos, juntos.

Soy un maldito ambicioso, pero no pierdo nada con intentarlo.

Me quito la polera con tranquilidad y la dejo tirada en el suelo, ella me mira mordiéndose el labio inferior, me acerco sin perder contacto visual. Me bajo los pantalones y mis pies terminan la labor de sacarlos por completo. Siento como mi erección se endurece aún más y se vuelve pesada. Jesu abre mucho sus ojos, sus manos se sueltan del respaldo de la cama y se sienta pasmada.

—Dios, ahora con luz se ve totalmente diferente —asegura Jesu sorprendida y agitada—. Sí que eres… dotado.

Me miro, ¿de qué habla?, si es de tamaño normal... supongo.

—¿Tú crees?, yo lo veo más bien corriente.

—Créeme, ese tamaño no es tan corriente —dice en un susurro, y se moja los labios con la lengua.

—Todo se ve grande para ti, Jesu... Basta de cháchara y más acción.

Me subo a la cama rápidamente, y me arrodillo entre sus piernas. Ella eleva sus caderas y me ofrece su sexo sin recato, el cual atraigo a mi boca con celeridad. Mi lengua recorre cada rincón, y se abre paso entre sus suaves pliegues. Exploro sin prisa, doy lamidas largas y profundas. Adoro su sabor, su aroma, su cuerpo. Qué sensación más indescriptible es la que siento, me quiero llenar de su placer.

Jesu jadea impúdicamente y alza un poco más sus caderas, presiona con fuerza su clítoris contra mi lengua. Presiono y succiono al ritmo que ella me impone. Tenerla de este modo me está enloqueciendo, sus gemidos, sus manos acariciando y tironeando mi cabello, sus embestidas contra mi boca. Estoy perdiendo la razón sin vuelta atrás.

Penetro su vagina mojada y caliente con dos dedos, y ella da un gritito de placer. Sé que lo es, pues su compás se vuelve más fuerte e impetuoso contra mí. Estoy impregnado de su esencia y por nada del mundo dejo de devorarla.

—¿Qué me estás haciendo?... Leonardo... oh Dios. No pares, no pares, no pares, no...

Y obedezco, sus gemidos se vuelven más fuertes y sus acometidas son briosas, cortas y rápidas. Súbitamente su espalda se arquea y todo en ella se tensa, sus piernas, su vientre, los dedos de sus manos sobre mi cabeza. Su humedad aumenta, y en mis dedos se siente cómo todo en su interior se estremece y convulsiona de placer.

Maravillosa.

Jesu es una criatura magnífica, provoca en mí el pensamiento de que soy el único en el mundo que la puede hacer vibrar de esta manera. Ella me hace sentir el ser más especial del universo mientras me mira embelesada y su respiración comienza a normalizarse de a poco. Se incorpora con suavidad, y me besa apasionada y sexualmente. No le importa que yo esté aún con su esencia en mi boca, y eso me excita a niveles intolerables. Quiero entrar en ella y reclamarla como mía.

—Necesito un preservativo ahora, o moriré en cualquier minuto —ruego agonizante.

Jesu rápidamente abre el cajón de su velador y encuentra uno, rasga el envoltorio, lo saca y me lo entrega. Cuidadosamente me lo pongo y la sensación es extraña. No le doy importancia. Lo único que deseo es poseerla y enterrarme en ella.

Hoy, no quiero ser sutil, ni tierno. Es como si naciera en mí una necesidad bestial. Me invade el instinto brutal y primitivo de tomarla y llenarla de mí. Me he vuelto un animal hambriento de ella.

—Jesu, perdóname, no lo soporto más. —La beso—... si te sientes mal o incómoda, por favor dímelo para detenerme. —La beso de nuevo y le muerdo el labio inferior—. No seré delicado esta vez —digo en un arranque de claridad mental, e inmediatamente mi objetivo se vuelve uno solo. Obtener todo el placer que ella y su cuerpo me da.

Mi pequeña se tiende de espaldas sobre el colchón, y yo abro sus piernas. Inhalo su aroma, del cual me he vuelto adicto. Guío mi pene a su entrada, ella está tan húmeda y resbaladiza que me permite penetrarla fuerte de una sola vez.

Jesu ahoga un grito y me paralizo.

—¿Estas bien? —pregunto preocupado.

—Todo está perfecto. —Me sonríe lasciva—. No puedo armar un escándalo para los vecinos.

—No me interesan tus vecinos, no seas tan considerada. Si quieres gritar, grita. No te impongas barreras para demostrar lo que sientes.

Me retiro con lentitud y empujo con fuerza nuevamente, Dios, todo en su interior está tan caliente y apretado. Ella grita. Vuelvo a retirarme lento y empujo. Con cada embestida acelero mi ritmo más, y más, y más. Jesu incrusta sus dedos en mis caderas, se aferra firmemente, y me incita a ir más rápido, más fuerte, más íntimo. Abre aún más sus piernas y comienza a seguir mi vaivén que se ha tornado frenético. Su calor me invade, sus gritos me enloquecen, la respuesta de su cuerpo me trastorna.

Me entierro furiosamente en ella, el ambiente está cargado por el sonido de mis resoplidos, sus gritos, el calor, y la colisión violenta de nuestros cuerpos. Todo me lleva a ese hormigueo y tensión previa a mi explosión, intento retenerlo solo unos segundos, pero me es imposible.

El interior de Jesu comienza a contraerse de esa manera que ya está siendo familiar para mí, y sin ninguna duda sé que está en su clímax. Su espalda se tensa, y sus jadeos casi son un ruego, y en ese mismo instante la penetro profundamente una vez más, y estallo en un orgasmo que me despedaza. Me vacío de placer en descargas entrecortadas, que no terminan nunca, y mi voz se rompe en un gemido ronco de gozo y satisfacción.

Después de unos segundos mis brazos tiemblan y ya no soporto mi propio peso, me desvanezco sobre el frágil cuerpo de ella, y cierro los ojos. Nuestras respiraciones tardan en regularse, Jesu acaricia mi espalda y besa mi cuello.

No soy capaz de hablar, ahora soy consciente de una parte de mi personalidad, que era totalmente desconocida para mí, y estoy abrumado.

—Perdón —pido con un poco de vergüenza.

—¿Por qué? ¿Qué hay que perdonar? —pregunta curiosa.

—Fui muy bruto.

—¿Escuchaste alguna queja?

—No.

—¿Te pedí que te detuvieras?

—No.

—No sé tú, pero a mí me encantó tu lado bestia. No soy de cristal, Leo... pero necesito que en este momento te pongas al lado mío, porque me está costando un poco respirar.

Me incorporo y me separo de su cuerpo, para luego quitarme el preservativo que contiene la evidencia física de mi orgasmo. Me deshago de él y abrazo a mi *hobbit* para sentirla cerca, porque si fuera por mí, estaría toda la noche dentro de ella.

Me pesan los parpados, el sueño se está apoderando rápidamente de mí.

—Leo, ¿estás bien?

—Sí, me bajó todo el cansancio ahora.

—A mí también. —Bosteza—. Fue muy intenso, parece que así eres de verdad.

—Creo que sí, me estoy dando cuenta que para todo soy de esa manera. Contigo estoy descubriendo muchas cosas de mí mismo.

—A mí me pasa igual que a ti... Leo, yo te quiero mucho, ¿no me dejarás cierto?

—No me hagas preguntas así, preciosa, estamos recién empezando. Yo no podría dejarte, ni ahora, ni nunca.

—Tengo miedo.

—¿De qué, pequeña?

—De que te aburras y te vayas, o de que conozcas a alguien mejor que yo, o de que tal vez es solo calentura lo que sientes por mí… Eres demasiado bueno para ser real y yo…

—No sigas por favor —interrumpo sus palabras, no quiero que continúe pensando tonteras—. Jesu, las cosas no son así. Yo no sirvo para engañar a las personas, ni siquiera miento bien. Todo lo que ves, todo lo que te digo, todo lo que siento, es cómo soy. Tal vez he sido un tonto, un completo *hueón* diría yo, y a lo mejor te estoy agobiando. No conozco otra forma de demostrarte cómo me siento. Te quiero, eres importante para mí… me costaría un mundo vivir sin ti. No quiero que sigas pensando cosas así. Yo solo quiero estar contigo, con nadie más. No me interesan el resto de las tres mil quinientas millones de mujeres del resto del mundo.

Jesu me besa y se pega a mi cuerpo, como si se le fuera la vida en ello. Y yo la abrazo con fuerza para no dejarla ir. Contengo mi lengua para no decirle que la amo, si lo hago, tal vez ella no me creerá y no quiero perderla.

—Nos queda mucho por recorrer —aseguro—. Vayamos un paso a la vez, aunque a veces sintamos que corremos una maratón.

—Me gusta eso, hemos dado muchos pasos juntos. —Se queda unos segundos en silencio y esboza una sonrisa—. ¡Ya!, mañana debemos levantarnos temprano. Me has dejado muerta.

—Aprovecha de dormirte luego, no respondo por el traidor de mis nobles intenciones que tengo entre las piernas.

—Me cae bien el traidor —admite coquetamente mientras acaricia mis testículos—. Holaaa, mira, Leo, el traidor ya está haciendo acto de presencia.

—Ya es demasiado tarde. Pequeña, acabas de suicidarte.

Jesu ríe, y nos fundimos nuevamente en uno solo. Hacemos el amor apasionadamente una vez más hasta quedar sin fuerzas.

Mañana estaré en calidad de bulto… pero seré un bulto satisfecho y feliz.

Capítulo 21

Jesu está pegada viendo la pantalla de su computador, hace varios días que está un poco desanimada y preocupada. La observo atentamente desde mi puesto de trabajo intentando hacerlo con disimulo.

Carito se acerca a ella y le da una taza de café. Se une al grupo Juanin y les regala una barrita de chocolate a cada una.

—Endulcen la vida, señoritas, no se preocupen por su dieta el día de hoy.

Jesu sonríe sin muchas ganas. Ella tiene momentos buenos y malos desde que su hermana le contó acerca de su enfermedad. Los días previos a la cirugía de Josefina estuvo infumable, explotaba ante la menor provocación. Al principio me contagiaba de su enojo, pero noté que ese estado de ánimo le dura menos que un chocolate al sol. Afortunadamente, como soy mucho más paciente que ella, aprendí a no seguirle la corriente, solo dejo que rumie su rabia sola, y cuando está calmada ahí recién converso con ella acerca de lo que le pasa. Le cuesta manejar sus emociones cuando su familia se ve amenazada por algo. He descubierto que si hay algo que Jesu no soporta en esta vida, es la idea de perder a un ser querido.

Gracias a Dios, todo salió bien con la operación de la Jose, se han ido ganando batallas una a una, pero aún falta ganar la gran guerra.

—¿Qué te pasa, Jesu?, ¿te peleaste con el animal del Leo? —pregunta Carito clavando su mirada inquisidora en mí.

«Si supiera que tan animal puedo llegar a ser, se le caería la mandíbula de la impresión».

—No, él se porta bien. —Me mira tiernamente y sonríe un poco más, yo me hago el loco y hago como que no me doy cuenta—. Estoy preocupada porque aún no hemos podido vender la casa de mis viejos.

—¿Hace cuánto pusieron el anuncio? —Juanin interroga interesado.

—Un mes más o menos, voy a tener que bajarle un poco el precio. A ver si alguien pica. Han ido a ver la casa un par de veces, pero más allá de eso no he tenido ninguna novedad.

—¿Y tu hermana cómo está? —pregunta Caro preocupada.

—Bien, hace una semana empezaron con la radioterapia.

—Eso es súper bueno, no te desanimes, Jesu, tu hermana está bien y eso es lo que realmente importa.

—Tienes razón, Carito. A veces los arboles no me dejan ver el bosque.

Sorpresivamente, suena mi teléfono y doy un respingo, cualquier día esa cosa me dará un ataque al corazón. Contesto y es Rosita, la secretaria de Héctor, quien nos manda a llamar a Jesu y a mí a su oficina. Cuando corto el llamado, me levanto de mi escritorio e interrumpo la conversación que tienen los tres.

—Jesu, nos llama Héctor, tenemos que ir a su oficina. Ahora.

Ella me mira intrigada, de hecho, yo también lo estoy. Nos provoca mucha curiosidad lo que él se trae entre manos.

Vamos sin perder tiempo a la oficina de nuestro superior. Anunciamos nuestra presencia con su secretaria, y nos permite la entrada en el acto. Cuando ingresamos, Héctor está terminando un llamado telefónico. Nos mira de reojo, y levanta su dedo índice para indicar que esperemos un momento.

—Sí, Moni, pasaré a comprarte ese libro... ¿Cómo es que se llama?... «¿Y... si ya te conociera?». —Anota el nombre en un *post it*—, ¿Algo más?... «El precio del placer». —Frunce el ceño por el título—. ¿Qué clase de libros estás leyendo, mujer? —Desde nuestra ubicación se escucha la explosiva risotada de la esposa de Héctor, después, todo vuelve a ser inaudible—. No, no me quejo. —Sonríe con malicia—. Bueno, a la noche te los llevo. Besos, Moni... Yo también, adiós.

Lo quedamos mirando de pie, divertidos por su conversación doméstica con su señora. Héctor nos devuelve la mirada y entrecierra sus ojos, y con un movimiento de cabeza nos insta a sentarnos.

—Buen día, Héctor —digo relajadamente mientras me siento.

—Buenos días, don Héctor —saluda Jesu de manera formal.

—Buen día, muchachos —devuelve el saludo Héctor, mientras nos escanea con la mirada—. Voy a ser directo. Los cité porque han llegado a mis oídos ciertos... rumores.

—¿Qué tipo de rumores? —pregunto un poco incómodo.

—No sabría cómo catalogarlo, solo sé que «cierto» jefe de *Housing* está manteniendo una relación con «cierta» subordinada, que antes era una alumna en práctica. ¿Tienen algo que informarme respecto a eso?

Mierda.

—Todo tiene una explicación —aseguro.

—La escucho. —Héctor se reclina en su asiento y espera una respuesta arqueando una ceja.

—¿Por dónde empiezo?... Ok, primero que nada, debo aclarar que evalué la práctica de la señorita Montenegro, antes de comenzar mi relación con ella. Tú estabas al tanto de la opinión que tenía respecto a su trabajo, y según recuerdo, tus observaciones confirmaban mis dichos. Por lo que mis recomendaciones, fueron hechas de manera objetiva.

«Bueno, casi objetiva... pero eso no tiene que saberlo».

—Lo recuerdo bien... ¿y por qué diablos soy el último en enterarme?

—¿Porque es mi vida privada? —replico con sarcasmo—, yo no ando ventilando lo que hago o dejo de hacer. No hay ninguna regla en el manual de convivencia que impida las relaciones amorosas entre compañeros de trabajo. Empezamos a *pololear* como dos personas normales. Punto.

«¿Cómo te quedó el ojo?, yo si hago mi tarea».

—¿Qué le vio a este insolente? —pregunta un sonriente Héctor a Jesu, ella parpadea sorprendida.

—Supongo que le he visto de todo —responde dudosa.

—¡Oh por Dios!, eso es demasiada información, señorita Montenegro.

—Usted fue el que preguntó —contesta encogiéndose de hombros.

—Fue retórica mi pregunta, no era para que respondiera tan literal.

—¡Ups! —Jesu se disculpa sarcásticamente, sin una pizca de vergüenza, o de culpa.

—¿Y cuánto tiempo llevan? —El lado curioso le brota por los poros a Héctor. Es un *copuchento*.

—Un poco más de un mes —respondo, soy malo con las fechas, Jesu es más exacta para ese tipo de cosas. No es que no me importe cuanto llevamos de relación, es que en realidad no siento el paso del tiempo. No es relevante.

—Ok... no creo que sea necesario recordarles que acá deben separar las aguas, y no permitir que afecte su trabajo. Hasta el momento lo han hecho bien. Los he estado observando.

Nos queda mirando un instante, y luego sonríe y mueve su cabeza negando. Quizás qué habrá pensado.

—Bien. Señorita Montenegro, ya que han saciado mi curiosidad, ¿puede dejarnos solos? Necesito conversar un par de temas de jefatura con Leonardo.

—No hay problema, don Héctor. —Ella se levanta de su asiento y me da una sonrisa. Se la devuelvo y espero a que se vaya de la oficina.

Él me mira y la seriedad se dibuja en su cara.

—Leonardo... debo informarte que dejaré esta oficina por tres meses. Hoy es mi último día aquí... me cargan las despedidas, prefiero las cosas sin anestesia —confiesa con pesar.

Estoy sorprendido, atónito, sin palabras.

—No pongas esa cara, hombre, solo serán tres meses. Voy a tomar un post grado en Estados Unidos, eso es todo... Recomendé que te pusieran a cargo, pero me lo negaron. Tú sabes cómo funciona el tema del *amiguismo* y tener «contactos» en esta área. Fue una batalla perdida desde el primer momento. —Resopla un poco ofuscado—. El asunto es que mañana tomará mi cargo temporalmente Franco Vial.

—Me suena su nombre. —Intento hacer memoria, pero no logro recordar dónde lo he escuchado antes.

—Estuvo a cargo del área de *Housing* en Sonda.

—¿Ese Franco Vial? —Mierda, ya lo recuerdo. No me agrada nada la idea. A esta empresa vinieron a parar varios que renunciaron por su causa—. Tiene la fama de ser un perro sin misericordia.

—Ese mismo… Debes ir con cuidado. No quiero sorpresas a mi vuelta —advierte con un tono paternal.

—Haremos todo lo humanamente posible, Héctor.

—Eso espero… eso espero. —Suspira.

Estos son los tipos de cambios que no me gustan, los sin aviso. Sé que cuando les informe a los chicos, no les va a hacer gracia. Mi sentido arácnido me dice que lo que se viene, será realmente difícil de sortear.

Ese hombre no será un simple «grano en el culo». No, él será un maldito supositorio que no entra ni sale, por los siglos, de los siglos. Amén.

Mierda.

Capítulo 22

—¿Franco Vial? —me pregunta extrañada Jesu, cuando menciono el nombre del reemplazante de Héctor, de este repentino e inesperado cambio de jefatura.

—¿Lo conoces?

—Conozco a alguien con ese mismo nombre, pero no sé si es la misma persona.

—Bueno, mañana sabremos si se trata de algún alcance de nombre, o si este mundo es un pañuelo.

—Van a ser tres meses del terror —augura Carito—, ¿no podemos irnos con Héctor a hacer el post grado con él?, de más que cabemos dentro de las maletas.

—Todo el *datacenter* quiere irse con Héctor en este momento. Pero veamos cómo se dan las cosas. Lo único que podemos hacer es no darle motivos para que nos haga la vida imposible.

—Tendremos que ser cautelosos en todo aspecto —sugiere Juanin preocupado pero seguro.

—Exacto.

Los cuatro nos quedamos en silencio y suspiramos al mismo tiempo. Solo habrá que esperar.

Me doy quinientas mil vueltas en la cama, estoy intranquilo. Cómo deseo que Jesu esté esta noche conmigo, pero ella no puede. Hoy le toca estar con su hermana, apoyándola en su tratamiento de radioterapia.

Se turna con Mariana y van varias veces a la semana a su casa para ayudar en labores domésticas y aligerar un poco la carga de su cuñado. Prefieren hacer algo útil antes que estar sintiendo pena y darle palmaditas de ánimo en la espalda a Josefina.

Tengo una sensación tan rara con todo esto del cambio de jefatura, he escuchado tantas historias negativas acerca de este hombre, que la verdad no puedo tener una visión imparcial u objetiva acerca de él. ¿Será todo verdad?, ¿o serán historias malintencionadas?

De hecho, y ahora que lo pienso mejor, ni siquiera debería darle tantas vueltas al asunto. Tengo que esperar a conocerlo, es posible que solo se trate de exageraciones.

Mi celular suena anunciando un mensaje nuevo de *WhatsApp*, ¿quién manda un mensaje a las doce de la noche?

+569876534633: *Hola.*

No conozco este número, con suerte me sé de memoria el mío.

Leonardo: *¿Quién es?*
+569876534633: *¿Cómo qué quién es?, soy Eva... ¿borraste mi número de celular?*

¿Qué?, ¿qué quiere ahora? Lógico que borré su número, nuestra situación quedó más que clara hace ya... Mierda, perdí la cuenta... ¿Más de uno o dos meses? ¡Qué más da!... Ok, no voy a ser un roto maleducado y dejarla colgada. Mejor contestaré.

Leonardo: *Pues sí, todo quedo resuelto la última vez que te vi. ¿Para qué tener los contactos de alguien con quien no quiero conversar?*
+569876534633: *Eso fue un golpe bajo.*

Eva, Eva, tú me has dados golpes más bajos aun. Ella es un raro caso de memoria selectiva, solo recuerda lo que le conviene.

Leonardo: *¿Qué es lo que quieres?*
+569876534633: *El otro día te vi con tu novia, no la había visto antes, ¿dónde la conociste?*

¿No reconoció a Jesu?, ¿cuál es el punto de todo esto?

Leonardo: *¿Para eso me estás enviando mensajes?*
+569876534633: *No tienes que ser tan duro conmigo, solo quería decirte que te veías feliz. Nunca pensé que eras del tipo apasionado en público.*

Bueno, ella nunca quiso darme la oportunidad en su momento. Ahora da lo mismo, a mi lado tengo a alguien que amo, y que me aprecia de verdad. En realidad, ni siquiera puedo compararlas, es como mezclar piñas con zapallos.

Leonardo: *Soy feliz, ella me hace feliz.*
+569876534633: *Qué bueno… quería contarte que me caso por el civil en dos semanas más.*

A pesar de todo lo que le dije va a seguir con su plan, eso no va a resultar bien.

Leonardo: *Buena suerte con ello. La vas a necesitar.*

+569876534633: *Gracias… Bueno, te dejo... Que estés bien.*

Leonardo: *Cuídate, adiós.*

+569876534633: *Tú también. Adiós.*

¿Qué mierda ha sido todo esto?

Me revuelvo el pelo molesto y frustrado. No encuentro respuestas para el súbito interés de Eva en contactarse conmigo. ¿Qué creía?, ¿que después de la última «conversación» todo iba a ser igual que antes?

Vuelve a sonar mi celular, otro mensaje de *WhatsApp*, ¿qué quiere ahora Eva?

Es Jesu.

Una sonrisa aparece automáticamente en mi cara y me hace olvidar el incómodo y desagradable momento anterior.

Jesu: *Hola, cielo, ¿duermes ya?*

Leonardo: *Hola, mi pequeña hobbit. No, no puedo quedarme dormido.*

Jesu: *Pobrecito, yo conozco un remedio súper bueno para que te quedes dormido al instante.*

Leonardo: *¿Ah sí? Ya intenté tomarme un vaso de leche tibia, pero no resultó.*

Jesu: *Qué lástima… si no estuviera aquí con mi hermana, tomaría un taxi de inmediato, y te daría el remedio para dormir.*

Leonardo: *Me intrigas, ¿podrías detallar de qué se trata el famoso «remedio»?*

Jesu: *Es muy fácil, me pongo de rodillas, bajo tus pantalones, y lamo lentamente al traidor una y otra vez, hasta que explotes.*

¡Oh por Dios! ¿¡¡Por qué me hace esto!!?

Leonardo: ¿Te das cuenta de lo que acabas de provocar con eso, pequeña perversa?

Jesu: Sí, hoy me siento con ganas de ser una mala mujer contigo.

Leonardo: Mañana, donde te pille sufrirás las consecuencias… que conste que estás advertida.

Jesu: No eres el único afectado. Mañana quiero ir a tu casa, aprovechemos que es viernes y pasemos juntos el fin de semana.

Leonardo: Suena prometedor tu plan, hace tiempo que no pasamos un fin de semana juntos. Te echo de menos… pero, ¿qué hago ahora con el traidor?

Jesu: Toma el asunto con tus propias manos.

Olvídalo, descartado de inmediato.

Leonardo: ¡Nah!, prefiero que lo arregles mañana… tú lo provocaste, tú lo solucionas.

Jesu: Será un placer… Me voy a la cama, cielo. Buenas noches.

Leonardo: Buenas noches, pequeña hobbit malvada, descansa.

Esta mujer me va a matar, mañana apenas la encuentre sola, va a saber de lo que soy capaz.

Dejo el teléfono a un lado y me acurruco, la distracción que me ha dado Jesu funciona. Solo pienso en ella, mis parpados pesan y todo se va a negro.

—Buenos días, señores… señoritas. —Retumba una voz grave y desconocida en la oficina.

Todos levantamos la cabeza y dirigimos nuestras miradas hacia la puerta. Un hombre de presencia imponente, se dirige a nosotros. Debe tener unos cincuenta y tantos, y su rostro es de facciones duras e inescrutables. A su lado está el gerente general, con una sonrisa falsa.

Me levanto de mi asiento y me dirijo para saludarlos a ambos.

—Buen día, Leonardo —saluda el gerente—. Te presento a Franco Vial, será el reemplazante de Héctor por los siguientes tres meses.

—Buenos días, Mario. Franco, un gusto conocerlo. —Estrecho con firmeza su mano, en cambio, su agarre es flojo y suelta la mía de inmediato.

—Buen día, joven. Mario, puedes dejarnos, yo seguiré solo. Leonardo puede guiarme de aquí en adelante.

—No hay problema, te dejo en buenas manos, Franco. —Mario nos da otra falsa sonrisa y se retira.

El silencio es sepulcral y toso un poco incómodo.

—Bien, Franco, te presentaré al equipo que trabaja conmigo —invito para romper el hielo.

Presento a los muchachos uno a uno, y le describo sus funciones y el tiempo que llevan trabajando. Cuando llega el turno de Jesu, Franco la queda mirando fijo, demasiado para mi gusto y curva sus labios en una sonrisa que demuestra cualquier cosa, menos simpatía.

—A usted, creo que la conozco, señorita Montenegro —dice en un tono frío y sarcástico—. Oh sí, ya recuerdo. Usted salía con mi hijo hace unos años. Veo que ha mejorado mucho su apariencia desde entonces. Me costó reconocerla.

«¿Qué significa esto?, ¿un maldito ex suegro?».

Jesu se pone tensa, el ambiente se ha vuelto denso por completo. Caro y Juanin se miran y no entienden nada de nada. Yo tampoco.

—Don Franco, ha pasado mucho tiempo. Ha sido toda una sorpresa esta coincidencia, ¿cómo está Rodrigo? —pregunta con amabilidad Jesu.

Mierda, Franco Vial es el padre de Rodrigo, el *gay* encubierto. ¡Por las re *chuchas*!

—Bien, bien. Mucho mejor desde la última vez que la vio señorita.

«*¿Qué está tratando de decir este hombre? Esto ya se está poniendo de color hormiga*».

Jesu lo mira sin entender muy bien, y se queda callada. Mejor intento dirigir la atención de él hacia otra cosa.

—Franco, vamos, te explico el funcionamiento del *datacenter*. ¿Me acompañas a la sala de servidores?

—Me parece perfecto. Sigan con sus labores —autoriza con un tono benevolente, como si les estuviera perdonando la vida.

Guío a Franco por todo el lugar, explico de manera detallada el funcionamiento, procedimientos, las condiciones de la sala de servidores, las medidas de seguridad, en fin, intento que se preocupe del trabajo y que se olvide de Jesu. No me gustó el tono que usó para hablarle, y aunque se trate del maldito Dalai Lama no toleraré que nadie que se meta con ella ni con nadie de mi equipo de trabajo.

Después de una hora del *tour* más largo, tenso, tedioso y raro, Franco se retira a su despacho y nos deja en paz. Todo el rato parecía un monólogo sin fin, él apenas hacía preguntas y me contestaba con monosílabos. Parece que el sentido del humor lo perdió en el momento en que le metieron una vara por el culo.

Al parecer todo lo que he escuchado de él no es infundado. Tiene una actitud displicente como si todos los demás fuéramos insectos inferiores a él. Este tipo es una soberana pesadilla.

—No sé cómo vamos a aguantar tres meses con ese sujeto —confieso revolviendo mi pelo frustrado cuando entro en la oficina.

—Para colmo el viejo es el ex suegro de la Jesu —dice Caro molesta—, capaz que también sea un *gay* encubierto como el hijo.

—Jesu, ¿tuviste algún problema con él cuando salías con Rodrigo? —pregunta Juanin sin rodeos.

—Pues no me lo decía directamente, pero se notaba que no le gustaba que yo fuera tan «alternativa». Cada vez que Rodrigo me llevaba a su casa, el viejo me ponía caras como si tuviera tuberculosis. Pero yo me hacía la loca y nunca le falté el respeto.

—Lo que no entiendo, es por qué la agarró contigo. Hace tres años que no estás con su hijo, ¿por qué tenía que ser tan desagradable? —intento encontrar algo de sentido a todo esto—. ¿No habías visto a Rodrigo antes de nuestro encuentro en el restaurant?

—No, por eso me parecen súper raros sus dichos. —Jesu se queda callada unos segundos con el ceño fruncido—. No sé qué le habrá dicho Rodrigo sobre nuestro «quiebre» —dice haciendo el gesto de comillas con sus dedos—, quizás qué versión le dio de los hechos.

—Ninguna que incluya la verdad —dice Carito alterada—. Ese viejo ya te tiene entre ceja y ceja.

—Espero que sea profesional y no mezcle las cosas personales. —Mis sienes están empezando a latir, me va a dar un dolor de cabeza en cualquier momento—. Ya, intentemos seguir con normalidad y hagamos como que esto no ha pasado. No dejemos que este hombre nos afecte —sentencio para dar punto final a todo esto.

Menos mal que es viernes, lo único que me anima es que el fin de semana lo disfrutaré a concho junto a mi *hobbit*.

A las cinco de la tarde, Franco me cita a su oficina, la que era de Héctor. Cuando llego para anunciarme veo a su secretaria con cara de estar pasándolo como la mierda. Pobrecita, ella tiene que estar todo el día soportándolo.

—Rosita, Franco me mando a llamar.

—Sí, pasa, te está esperando. —Y da un suspiro cansado.

—¿Todo bien? —consulto preocupado.

—¿Quieres la verdad?, ese hombre no lleva ni siquiera ocho horas aquí y solo quiero renunciar. No aguanto a ese hombre, no sé cómo lo hace para soportarse a sí mismo en realidad. Mi único consuelo es que este cambio solo durará tres meses.

—A todos nos consuela eso… voy a ver qué es lo que quiere de mí. No te preocupes, Rosita, «no hay mal que dure cien años».

Me da una sonrisa que no llega a sus ojos, golpeo su puerta y escucho su autorización para entrar. Espero un par de segundos y abro, veo que está firmando unos documentos y sin levantar la vista me indica que me siente.

—Leandro, buenas tardes, te llamé porque tengo unas preguntas acerca de tu personal.

—Franco, mi nombre es Leonardo —corrijo educado, intentando ocultar mi molestia, odio que cambien mi nombre, además que Leandro es un nombre feo.

—Oh, lo siento, disculpe mi confusión. —Me mira sin hacerlo realmente, su tono de disculpa es falso y no me lo creo, parece que lo hizo a propósito.

—No hay problema. —Aclaro mi garganta—, dígame en que puedo serle útil.

—Bien, continuemos entonces, cuénteme, Leonardo, ¿han habido problemas de índole personal con alguno de sus subordinados?

—¿Personales?, no sé a qué se refiere, ¿podría ser más específico?

—Líos de faldas, de pantalones, parejas celosas, o cualquier tipo de situación que enturbie las relaciones laborales.

—Ah, ese tipo de problemas. En realidad, ninguno. Todos son muy profesionales y discretos. Bajo ningún punto de vista mezclan la vida personal con la laboral.

Franco levanta sus cejas asombrado, y parece que no tiene palabras para continuar con este incómodo interrogatorio. Pero la esperanza de que se quede en silencio me dura poco.

—¿En serio?, ¿ninguno?

—Ninguno —respondo tajante.

—¿Cuánto tiempo lleva trabajando con ustedes la señorita Montenegro? —¿Qué?, ¿acaso este hombre no se va a rendir?

—Cuatro meses más o menos, disculpe soy malo calculando fechas. La señorita Montenegro llegó a hacer la práctica, y quedó trabajando de manera indefinida debido a su excelente desempeño, es una gran colaboradora.

—Ya veo… yo, la verdad, tengo mis reparos respecto a ella. Como pudo apreciar esta mañana, ella y yo nos conocemos desde antes. No fue una experiencia grata. Le recomiendo que la vigile, puede que sus costumbres acarreen problemas.

—¿Perdón?, ¿de qué costumbres me habla? —Intento que mi voz no revele la poca sangre fría que me queda.

—Ella es… una mujer un tanto casquivana. Una suelta, si prefiere usar un término más vulgar, en poco tiempo se habrá acostado con la mitad del personal, y eso, sin lugar a dudas, repercutirá en el ambiente laboral de esta empresa.

No puedo creer lo que este hombre me está diciendo, estoy hirviendo de la rabia. Empuño mis manos hasta que mis nudillos amenazan con romper mi piel. ¡Mierda! Debo controlarme, sino todo será peor. En este momento ni ella ni yo podemos perder el trabajo a causa de este hombre. Debo ser inteligente, más que él. Tengo que ponerlo en su lugar sin revelar la naturaleza nuestra relación.

—Que la señorita Montenegro tenga la misma moral que un hombre, no significa que sea una suelta. Si ella fuese hombre, usted no la etiquetaría de casquivana, sino de campeón. —Le doy el mismo sermón que alguna vez ella me dio, es bastante efectivo y contundente.

—Veo que usted no sabe de lo que habla…

—Sé perfectamente de lo que hablo —interrumpo con un tono de voz firme—. No permitiré que hable mal de mis compañeros de trabajo. Le pido con todo respeto, que actúe como la señorita Montenegro y separe lo personal de lo laboral. Los problemas que haya tenido con ella en el pasado, me tienen sin cuidado mientras no afecte el ambiente de trabajo de mi área.

—Solo quería advertirle, no fue mi intención ofenderlo.

Sus malditas falsas disculpas no me sirven. Lo único que deseo es que la deje en paz.

—Aquí todos somos adultos, Franco, cada uno sabe qué hace con su vida fuera de la empresa.

—Tienes razón, perdona mi falta de criterio.

—No hay problema, ¿es todo lo que necesitas de mí?

—No, también te he hecho llamar para informarte que el lunes vendrán a realizar una auditoría al *datacenter*. —Percibo una leve sonrisa mientras lo dice, quiere hacerme perder el control—. Necesito una visión profesional y objetiva del estado real de esta empresa.

—¿Una auditoría?, nunca hemos necesitado una. Cumplimos con todas las normas. —No le daré en el gusto y mi tono de voz es gélido.

—Por eso mismo la solicité, nunca han sido auditados. El lunes a primera hora vendrá la empresa que realizará dicho procedimiento. Necesito toda la disposición y colaboración de su gente.

—Delo por hecho.

—Bien, eso es todo por hoy. Que disfrute su fin de semana.

«Sí que lo disfrutaré, viejo de mierda, ya me arruinaste el viernes, no lograrás agriarme toda la leche».

—Usted también, hasta el lunes.

Salgo de la oficina y me relajo. ¡Por todos los santos!, ese hombre es insufrible, tiene el súper poder de enrarecer el ambiente de un cumpleaños y transformarlo en un funeral. Aquí afuera, el aire se puede respirar con absoluta tranquilidad.

Una auditoría, ¡lo que me faltaba! Sé que nosotros no la necesitamos, y eso me da la confianza de que la vamos a pasar sin problemas, pero sentirse bajo el escrutinio de otras personas que buscan cualquier falla, no ayuda en nada para bajar la tensión que este hombre ha provocado.

Estoy cansado, me quiero ir a casa. Ahora.

Capítulo 23

—¿¡Qué te dijo qué!? —Jesu alza la voz sorprendida.

—Lo que acabo de decirte. Fue como si me dieran una patada en las pelotas. Estuve a punto de estamparle el puño en la maldita cara.

Estamos en un rincón Jesu y yo, intento mantener la calma y que tengamos esta conversación los dos tranquilos.

—¿No le dijiste nada acerca de nosotros?

—Preferí omitir esa información, lo habría puesto en su lugar, pero creo que habría sido peor.

—Sí, tienes razón, ese viejo me quiere echar a toda costa, estoy segura.

—Definitivamente no te quiere cerca. Ganas no me faltaron de restregarle lo nuestro, pero no quiero darle armas para que las use contra nosotros. En este momento ostenta demasiado poder. Ya es suficiente con que haya ordenado una auditoría externa.

—¿¡¡Una auditoría!!? —chilla con los ojos desorbitados.

—¿Una qué? —pregunta Caro que levanta la cabeza por la indiscreción de Jesu.

—Gracias por anunciarlo por mí, Jesu. —Le reprocho con la mirada, ella me mira con cara de culpa. Me revuelvo el cabello molesto conmigo mismo, arrepentido por descargar mi frustración con ella—… lo siento, perdón. —Suspiro—. Ya lo oyeron, nos harán una auditoría.

—¿Cuándo, perrito? —pregunta Juanin que ha estado trabajando en silencio desde que llegué.

—El lunes comienza. No sé qué busca con ello, si hace poco recibimos todas las certificaciones. No entiendo un carajo cómo llegamos a esto ni para qué. —Me está empezando a doler la cabeza y solo quiero ir a casa con Jesu—. Ya van a ser las seis, dejen de hacer lo que estén haciendo y salgamos de este lugar.

Carito y Juanin hacen caso al instante, se despiden desganados y nos dejan a Jesu y a mí a solas. Siento que mi cerebro va a explotar en cualquier momento, no puedo dejar de pensar, ni de estar preocupado. Mientras más repaso mentalmente la conversación que tuve con Franco esta tarde, más me convenzo de que la famosa auditoría es mi «castigo» por no cooperar respecto a la reputación de Jesu. Hijo de puta, me las va a pagar todas de algún modo, no tengo idea de cómo, tal vez el karma se haga cargo de él. En esta vida todo se paga y tal cómo dice mi santa madre, «Me sentaré en el umbral de mi puerta, para ver el cadáver de mi enemigo pasar».

—¡Leo, te estoy hablando! —me reprende Jesu molesta.

—Perdón… no te escuché.

—Pero si estoy al lado tuyo. —Pone los ojos en blanco—, ¿cómo no me vas a escuchar?

—Disculpa… estaba pensando, me desenchufé. —Le beso la mano para que se calme un poco—. Perdón, no fue mi intención.

—¿Así que estabas pensando?, con razón hay tanto humo negro saliendo de tu cabeza.

—Ja-ja, pesada.

—¿Qué tienes, Leo?, estás muy callado.

—Estoy *choreao*, molesto, cansado, aburrido y me duele la cabeza.

—Ya vamos a llegar a tu casa y te daré mi remedio infalible para el dolor de cabeza —resuelve con una sonrisa libidinosa. Verla así me arregla el humor.

—¿Es igual a tu remedio para el insomnio? —La miro y levanto una ceja—, he estado todo el día con dolor en las pelotas gracias a los remedios que me ofreces y no das —reprocho, a ver si se apiada de mí.

—Ahhhhh, pobrecito —lamenta con falsa lástima—. ¿Sabes?, tengo un remedio re bueno para el dolor de pelotas.

—¡Y dele con que va a llover! Te vas en puras amenazas y nada de acción.

—Ya lo veremos, vas a terminar suplicando, Leonardo Apablaza. Te lo doy firmado.

Una hora después entramos en mi casa, es la primera vez que Jesu la visita, y es el primer fin de semana en que nos hemos podido juntar desde hace tiempo. No es lo mismo verla todos los días en el trabajo, que tenerla solo para mí sin tener que controlarme y poder tocarla cuando se me antoje. Gracias a Dios, ella comenzó a tomar pastillas anticonceptivas hace varias semanas, así que hoy, por fin, podré dejar de usar preservativos. Adiós a esa maldita sensación extraña de sentirla y no sentirla a la vez.

Definitivamente, hoy será una noche especial.

No pasan ni dos segundos desde que cierro la puerta tras de mí, y Jesu se abalanza sobre mi humanidad con un beso lleno de ansiedad. Nuestras lenguas se unen con todo el fervor acumulado. ¡Dios!, ella es exquisita, sus labios se apoderan de mi boca y no da tregua en demostrar cuánto me desea. No podemos dejar de tocarnos, de besarnos, de sentirnos. Solo queremos estar el uno dentro del otro.

Ahora.

Con desesperación comenzamos a arrancarnos la ropa como si quemara, no quiero alargar este calvario, necesito estar con ella, sentir su calor, su cuerpo, su voz cargada de lujuria. Cuando veo que está completamente desnuda para mí, la levanto y mis manos se anclan a su perfecto trasero, hago que sus piernas rodeen mi cintura, la aplasto contra la muralla y de una sola estocada, la penetro con fuerza. Al fin estoy en casa.

Ella ahoga un grito de placer, me excita tanto cuando hace eso. Jesu ya estaba completamente mojada y preparada para mi invasión. Comencé a entrar y salir lentamente, mientras ella se aferra a los músculos de mi espalda. En cada embestida aumento más el vigor con el que la penetro, y ella lo disfruta. El interior de su cuerpo, sus gemidos, sus uñas enterradas en mi piel. Todo en ella me hace saber lo bien que se siente.

Necesito más de ella, la quiero devorar por completo.

Comienzo a acelerar la velocidad de mis acometidas contra su carne, sus senos están rozando sensualmente mi pecho y siento cómo se mueven al ritmo furioso que estoy llevando. Mi cuerpo me pide a gritos mi liberación, estoy desesperado por derramarme en su interior.

—Leo, más fuerte... más fuerte... por favor, estoy... tan... tan... cerca...

—Miren quien está suplicando ahora. ¿Más fuerte? —Uso toda la fuerza que me va quedando para embestirla, y ella solo es capaz de darme quejidos —. ¿Así?

—Así... así... así... Leo... lo haces tan... tan bien.

Jesu, comienza a mover sus caderas frenéticamente mientras estalla en un orgasmo que a mí me vuelve loco, siento como su interior me arrastra y me toma prisionero. Me bebo todo su placer, absorbo todos los jadeos que me da, y con nuevas fuerzas doy mi última embestida, y dando un gemido ronco y disfónico me dreno de gozo y dolor en ella.

Cuando recobro el sentido noto que ya no me duele la cabeza, ni siento ese punzante dolor en mis testículos, y una sensación de relajo total invade mi cuerpo.

Necesito una cama.

Sin separarme de Jesu me la llevo a mi dormitorio. Ella aún está intentando recuperarse y solo siento su respiración que todavía no se normaliza del todo.

—¿A dónde me llevas, Leo?

—A la cama, en cualquier momento se me acalambrarán las piernas. Es un gran esfuerzo físico hacer lo que hicimos.

—¿Peso mucho?

—¿Tú?, para nada, un paquete de palomitas de maíz pesa más que tú. —Abro la puerta de mi dormitorio y muy a mi pesar, debo separarme de ella para acostarnos y descansar un rato.

—¿Te duele la cabeza todavía?

—No, ya no me duele, debo admitir que el remedio que me diste es realmente efectivo.

—¿Ves?, si yo soy una mujer muy sabia... aunque yo tenía en mente otro método para administrarte tu remedio. —Suelta una risita coqueta—. Me sorprendiste con ese empotramiento contra la pared.

—¿Te gusta que te sorprenda, eh? —Arqueo una ceja contento y maravillado por ella—. Voy a tener que documentarme todavía más para sorprenderte. Me gusta hacerlo.

—¿Te documentaste para empotrarme?

—Ni te imaginas con lo que te encuentras en internet cuando uno busca información. Es bastante… estimulante. Eso sí, no planifiqué el empotramiento, eso salió espontáneo.

Jesu me mira con los ojos entrecerrados y su rictus se pone serio. Mierda, estoy hablando demasiado.

—¿Estás viendo pornografía? —me interroga con cierto tinte de reprobación en su tono de voz. No la culpo, pues ¿a qué otro tipo de documentación recurre un hombre? Somos tan básicos en general, que es lo primero que se nos ocurre para buscar «especificaciones técnicas», pero al final te das cuenta que el porno es tan fantasioso como una película de princesas Disney.

—¿La verdad?

—La verdad, Leo.

—No, Jesu, no he estado viendo pornografía.

«*Al menos no en los últimos meses*».

—¿Y cómo es que sabes lo que sabes?, si se supone que no tienes experiencia… ¿de verdad no me estas mintiendo?... Leo, nunca me habían hecho sentir así, y tú, parece que me lees la mente. No te mueves como alguien que está recién empezando, lo haces como alguien experimentado.

¿Cómo se lo explico?, me da vergüenza revelar mis fuentes. No son muy habituales para recurrir por información. Pero mejor se lo cuento antes de que se pase más películas.

—He estado leyendo.

—¿No me digas que leíste el Kama Sutra? —pregunta incrédula.

—A ese libro le di una par de hojeadas, pero fíjate que tanta metáfora de elefantes, toros y conejos no va conmigo, prefiero que las descripciones sean más… técnicas y detalladas.

—A ver, no entiendo nada. —Ahora ya no está molesta, está curiosa. Curiosa es mejor que molesta—. ¿Qué se supone que estás leyendo?

—Foros femeninos, sitios de sexualidad, novelas... novelas eróticas. —Y cierro los ojos para no verle la cara, porque me muero de la vergüenza.

Silencio.

Trágame tierra.

—Changos, eres un ratón de biblioteca sexual —musita Jesu asombrada y divertida.

—No tiene nada de malo documentarse —me defiendo—. No se nace sabiendo, y mi idea es que yo no necesite acostarme con cien mujeres para ser un buen amante. Solo deseo estar contigo, con nadie más. Quiero ser bueno para ti, quiero ser suficiente para ti.

—Leo, ¿qué voy a hacer contigo?, ¿tienes idea de lo que me haces? —Sonríe de una manera muy tentadora mordiéndose el labio—. No dejes de documentarte nunca por favor, que con mucho gusto seré tu conejillo de indias para lo que sea que quieras poner en práctica.

Yo le sonrío de vuelta. En uno de los foros me sugirieron que una fantasía recurrente de las mujeres era el famoso empotramiento contra la pared. Los hombres son muy fantoches y no tienen mucha idea de nada, ellas en cambio son detallistas y muy precisas para hablar sobre sus gustos sexuales, sobre todo amparadas en el anonimato de la Internet.

—¿Y qué otras cosas aprendiste?

—No, señorita, no le contaré más de momento, arruinaría el elemento sorpresa. Ahora le toca a usted. Tal como lo prometió, póngase de rodillas, el resto del trabajo ya está hecho, es tu turno de mimar al traidor.

Jesu me mira sorprendida como si le hubiera dicho algo horrible y luego sonríe, en el fondo es una perversa.

Mi perversa.

Capítulo 24

Lunes.

Otra vez lunes.

El fin de semana con Jesu fue de ensueño, no solo por el hecho de hacer el amor como conejitos retozones, sino porque pasamos el tiempo los dos juntos, cocinamos rico, vimos una película en el cine, fuimos al paseo Las Palmas, y jugamos en línea con Carito y Juanin.

Dos días y tres noches fenomenales. Cómo me gustaría que las cosas fueran diferentes, y que la hermana de Jesu no estuviera enferma, pero ella debe estar junto a Josefina y apoyarla en su proceso de recuperación. Si yo estuviera en su lugar haría lo mismo sin dudarlo.

Hoy será un esfuerzo monumental para mí, tomar caminos separados para ir a dormir. Tengo la seguridad de que esta noche me sentiré muy solo, sin ella, mi cama estará desierta y desolada, y solo me acompañará su aroma impregnado en las sábanas.

Uno se acostumbra demasiado rápido a lo bueno de la vida.

Me cuesta tanto darle espacio, quisiera ser más pendejo y montarle un *show* exigiendo más tiempo para mí, pero no puedo, no debo, soy un adulto y debo actuar acorde a la edad que tengo. No puedo agobiarla más por mis necesidades, ya tiene suficiente con todo lo que está viviendo.

En fin. Solo debo tener paciencia.

—Leo… Leo… ¡Leo!, ¡despierta por la cresta!

—Perdón, Carito, ¿qué me decías?

—La Jesu fue a buscar discos duros, *caddys*, y una pila de *huevadas* a la bodega… sola. Va a parecer un equeco de lo cargada que va a estar.

—¡*Hobbit* terco!, ¿hasta cuándo hay que decirle que esas cosas las debo ir a buscar yo?

—Se hizo la loca, y me avisó en voz baja para que no la escucharas. No quiso que yo la acompañara.

—Voy a ver si la alcanzo.

Tomo el ascensor y bajo hasta el tercer subsuelo, que es donde se encuentra la bodega. No sé cuál es el afán de Jesu de hacer ese tipo de cosas sin pedir ayuda. Es como si dijera, «soy una mujer independiente y no necesito ningún macho que me ayude», por todos los dioses, si solo son cajas y ella lo toma como una declaración de principios de su independencia femenina.

Cuando se abren las puertas y salgo del ascensor, la encuentro con un montón de cajas en los brazos y otras en el suelo, esperando el ascensor.

—Se supone que hay un carrito para llevar todo eso —digo serio.

—Estaba ocupado.

—¿Y por qué no me llamaste para que te ayudara?

—Porque puedo hacerlo sola.

—¿De verdad?, mujer, te pareces al dios inca de la abundancia con todas esas cajas. Déjame ayudarte, prometo no amenazar tus principios por echarte una mano con eso.

Ella resopla, y me entrega lo que está cargando en sus brazos, y luego me recarga con las cajas que quedaron en el suelo y me tapa todo el campo visual.

Ahora se está vengando de mí, ¿quién la entiende?, a veces esta *hobbit* se vuelve exasperante.

Jesu presiona el botón para llamar el ascensor en silencio, está absorta pensando en quizás qué cosas. Pensativa es mejor que enojada.

Se abren las puertas del ascensor y entramos.

—¿Qué te pasa, *hobbit*?

—Nada —responde escueta.

Pongo mis ojos en blanco, maldita respuesta.

—¿Nada? ¡Por favor!, parece que pasa de todo, ¿hasta cuándo voy a tener que preguntarte lo mismo?

—No me gusta sentir que dependo de ti.

—Jesu, tú no dependes de mí. Soy tu pareja, estoy y estaré siempre para apoyarte. El apoyo puede confundirse con la dependencia, pero no dejas de ser tú por buscar ayuda. No tiene nada de malo que tú me necesites, yo también te necesito… y mucho.

Ella se queda en silencio y suspira.

—Lo siento, no sé lo que me pasa.

—Digamos que estas estresada. El último mes no ha sido fácil para nosotros. Intentemos relajarnos el fin de semana que viene, ¿vale?

—Sale y vale.

Ahí está, una sonrisa para mí.

En el primer piso se abren las puertas y me muevo para ubicarme a un extremo del ascensor para permitir que otras personas entren, Jesu se pone entre el panel numérico y yo.

—¿Señorita, podría marcar el octavo piso por favor?

Esa voz. Mierda.

Eva.

—Ya está marca… —la voz de Jesu se desvanece, y se queda en silencio, intento llamar su atención, pero ella está con la vista pegada hacia el frente.

—¡Pssst!, ¡Jesu! —susurro—. Mírame.

Ella me mira y sus ojos escupen furia. ¿Por qué está así?

—¿Jesús? —Una voz de hombre que no identifico se dirige a ella— ¿Eres... tú?

—Hola, Rodrigo, ¿cómo estás? —responde tensa, yo la miro y finge una sonrisa.

—Bien... bien... ¡Ufffff! Te ves... diferente, ¿trabajas aquí?

—Sí.

Suena el timbre del ascensor indicando nuestro piso. No veo un carajo, solo a Jesu que tiene la mano puesta en el sensor para que las puertas no se cierren. Al parecer, ellos dos se han ido.

—Leo, no te quedes parado, sale.

—No me retes, no veo nada, Jesu. ¿Tengo vía libre?

—Sí, dale nomás... y no te estoy retando.

Salgo con un poco de dificultad haciendo algo de equilibrio con todos los bultos que llevo, ella se apiada de mí y me saca dos cajas de encima, levantando así, mi castigo. Ahora ya puedo ver por dónde camino.

—¿Qué harán esos dos aquí?, ¿viste para donde se dirigían? —pregunto con curiosidad.

—No, no me fijé. ¡Ay como detesto a esa *yegua*!, si la hubieras visto, se dedicó a toquetear al otro como si estuviera marcando territorio. ¡Aiiiish!

—¿No me digas que estás celosa de Rodrigo? —pregunto solo para molestarla.

—¿De qué planeta vienes, Leonardo Apablaza?, ¿cómo se te ocurre preguntarme algo así?

—Era una broma, Jesu. No sé por qué te ofuscas tanto por la actitud de ella, es todo.

—Me cargan las *minas* que son inseguras y reafirman su identidad marcando su territorio con un hombre. Más encima Rodrigo es medio-hombre. ¡*Hueona* patética!

—Entonces, ¿para ti, su actitud es como una afrenta a la dignidad de las mujeres?

—Ese tipo de *minas* ponen por el suelo el género femenino. Menos mal que no la viste, capaz que se hubiera follado ahí mismo al otro *hueón*.

—¿Te das cuenta que le das demasiada importancia a eso?, ya del hecho que te moleste tanto está logrando su objetivo. No hagas caso y ya. No la pesques.

—Tienes razón. —Resopla—. ¿Por qué no le hablaste?, te *caché* que la reconociste.

—¿Por qué habría de hablarle?, no tengo nada que decirle. Por mi parte, mi relación de amistad con ella terminó hace rato.

—¿Nunca más volviste a hablarle?

—No, pero hace unos días ella me mandó unos mensajes, pero nada importante.

—¿Y cuándo me lo ibas a contar?

—No era importante.

—Para ti no, pero a mí sí me importa si esa mujer te contacta. ¿Qué quería?

«*No lo puedo creer, Jesús Montenegro, alias la hobbit, está celosa*».

—Eva quería saber cómo estaba, y que me había visto feliz con mi novia a la cual no reconoció, ella tiene el problema de ser mala para recordar rostros… ¿quieres ver los mensajes mejor? —ofrezco para no seguir alimentando su inseguridad.

Los ojos de Jesu delatan su dilema de aceptar o no mi ofrecimiento, finalmente niega con su cabeza.

—No, no es necesario. —Suspira—. Confío en ti… espera, te abro la puerta.

Fin de la conversación.

Media hora después entra Franco a nuestra oficina, y lo acompañan Rodrigo y Eva. No sé por qué no me sorprende. Desde que nos topamos en el ascensor pude percibir que «algo olía a podrido en el jodido estado de Dinamarca».

Me levanto de mi escritorio y me acerco al trío para saludarlos.

—Buenos días, Franco, Eva, Rodrigo.

—¿Se conocían con anterioridad? —pregunta Franco, absolutamente sorprendido.

—Sí, señor, la señorita Eva y yo fuimos compañeros de universidad, y sé que es la prometida de Rodrigo. Hace unos meses nos encontramos en un restaurant —explico con una verdad a medias, no quiero dar más detalles que no vienen al caso. Ni tampoco quiero poner en evidencia el parentesco de Franco y Rodrigo. Todavía.

«Franco se pasa la ética por el culo, pero me voy a guardar este detallito como plan B».

—Eva, ¿por qué no mencionaste nada? Debiste informarme —acusó Rodrigo.

—No creí que fuera importante… ¿lo es? —responde Eva con el rostro desencajado.

—Después hablamos… no te preocupes. —El tono frío de Rodrigo me dice todo lo contrario.

—Bien, me ahorro entonces las presentaciones —continúa Franco con su discurso—. Rodrigo y Eva son de *Datacheck,* la empresa que auditará el *datacenter.* El proceso durará dos semanas. Espero su cooperación.

—No hay problema. Tendrán toda la disposición mía y la de mi equipo.

—Excelente, sabía que podía contar con usted, Leonardo. Eva, Rodrigo, los dejo aquí para que se instalen.

Miro a Carito y a Juanin, sus mandíbulas llegan al suelo y sus ojos están que se salen de sus cuencas. Jesu es indiferente y solo hace su trabajo ignorando a los «auditores».

Sarcasmo *mode on*. Estoy ansioso, serán dos semanas maravillosas. Sarcasmo *mode off*.

Sarcasmo *mode on*. Esto es simplemente fantástico y hermoso. Sarcasmo *mode off*.

Capítulo 25

Rodrigo es un tipo simpático, amable, profesional, muy educado y culto. Tal vez si lo hubiera conocido antes de que Jesu llegara a mi vida, me habría caído bien.

Pero, la realidad es otra. Conocer sus sucios secretos me enferma. Me molesta que le hable a Jesu, y me importa un soberano pepino si es por temas netamente relacionados con la maldita auditoría. Simple y llanamente me emputece su presencia.

Jesu estuvo en coma dos meses a causa de su engaño, y posterior a ello cayó en una profunda depresión, y el muy cobarde nunca dio la cara. Ni siquiera para pedir perdón.

¿Qué mierda tiene en la cabeza?, no concibo que este hombre fuera una parte importante de la vida de ella. A veces los celos me matan, a veces no. A veces detesto que sea un cobarde, y a veces me es indiferente. A veces me da lástima que su vida esté llena de mentiras.

A veces me dan ganas de mandarlos a todos a la misma mierda.

De todo lo que ha estado sucediendo estos días lo que me tiene realmente desconcertado es la actitud de Eva, me habla como si no hubiera pasado nada, sé que su naturaleza es coqueta, pero conmigo se le está pasando la mano, está llegando a los niveles del descaro. No sé qué es lo quiere lograr, lo único que puedo hacer para no gritarle en su cara que tengo una relación con Jesu y le vaya con el cuento a Franco, es evitar a toda costa encontrarme a solas con Eva, y evadir olímpicamente sus insinuaciones.

En este momento, y bajo ningún punto de vista Franco debe enterarse de que Jesu y yo somos pareja.

Han pasado cuatro días y la famosa auditoría se desarrolla sin problemas en una densa calma. Caro con suerte traga la presencia de Eva, pero apenas tiene la oportunidad estalla puteando al universo completo. Juanin, bueno, es Juanin, actúa de un modo imperturbable, definitivamente a él lo tengo que poner en la categoría de súper héroe, es como el encantador de perros, solo le bastan dos palabras reconfortantes de parte de él y Caro se calma como si le diera todo lo que necesita en el momento justo.

Jesu, irónicamente es indiferente a la presencia de Rodrigo, es como si nunca lo hubiera visto en su vida, pero cuando se trata de Eva, se convierte en la reina de las nieves, y si no es porque la conozco, sé que cuando la mira le lanza rayos de hielo con sus ojos y la deja como alfiletero.

Cuando es la hora del almuerzo y nos encontramos solos en la cocina del piso —durante la parte del «postre» específicamente—, Jesu me devora como si el mundo fuera a partirse en dos, y me besa con desesperación. No hallo cómo hacerle entender que solo tengo ojos y vida para ella. Creo que de algún modo, toda esta situación la hace sentirse vulnerable y tal vez insegura.

Hoy, mientras comemos lo que he preparado para almorzar, decido dar un paso más allá…

—Jesu, ¿cómo va la radioterapia de la Jose?

—Le ha ido bien, pero tiene algunas molestias en la piel, y está súper cansada, es normal que sufra algunos efectos secundarios, pero todo es soportable. Todavía le quedan seis semanas de tratamiento.

—Qué bueno, espero que todo siga viento en popa. A propósito de eso, ¿no hay ninguna novedad con la venta de tu casa?

—Nada, pero finalmente mis hermanas me obligaron a dejar ese tema en manos de una corredora de propiedades. Me estaba estresando mucho el tener que lidiar con eso.

—¡Ya era hora! Me alegro que hayan delegado esa tarea a otra persona, solo debes preocuparte de tu hermana… *Hobbit*, dime, ¿ya tienes pensado donde podrías arrendar cuando vendan la casa?

—No, en realidad, pero creo que Santiago Centro es una buena opción.

—Santiago Centro es carísimo, arrendar cuesta los dos ojos de la cara. ¿Sabes?, yo conozco una persona que te podría arrendar una casa, no muy grande, pero a muy buen precio.

—¿En serio?

—Ajá, el único problema es que te la arrienda con todo y dueño adentro, no te preocupes, lo conozco bien, el tipo es buen mozo, simpático e inteligente. Pero no te hagas ilusiones con él, porque tiene novia, es bajita, muy hermosa, y a veces tiene un carácter que dan ganas de esconderse debajo de la cama.

—¿Qué estas intentando decirme, Leo?, ¿quieres que me vaya a vivir contigo?

—Bueno, si me lo propones de esa manera, no puedo decirte que no.

—¿Te das cuenta de lo que me estas pidiendo? Cielo, apenas llevamos dos meses, ¿cómo me dices algo así?

—Porque quiero, porque puedo… porque cada vez que vuelvo a mi casa solo, no puedo dejar de pensar en ti y en imaginar cómo sería compartir todo lo que tengo contigo, vivir mi vida a tu lado, y todo lo que imagino es tan condenadamente bueno… tú eres lo mejor que me ha pasado… y no sé cómo expresar de mejor manera cuánto te amo… Yo te amo, Jesu…

Ella se queda en silencio y me mira a los ojos, como si estuviera buscando algo, y me sonríe…

—Ya lo sabía —admite con suficiencia.

«*¿Cómo lo sabe? No me digan que…*»

—Hablas dormido, y hablas un montón… lo más gracioso es que conversas conmigo y me sigues la corriente. ¿No recuerdas nada de lo que hablamos?

—No, nada de nada —contesto mortificado.

—Tanta conversación en vano, ¿sabes cuantas veces te he dicho lo mucho que te amo?, han sido millones de veces.

«*¿Escuché bien?, ¿me ama?, ¡mi hobbit me ama!… yo la amo, ella me ama. ¡Soy el hueón más feliz del puto e infinito universo!*».

—Dilo de nuevo. —En una de esas estoy soñando y necesito que me lo confirme.

—Te amo.

—Otra vez. Me encanta como suena.

—Te amo —repite riendo.

—Entonces, ¿te vas a ir a vivir conmigo?

—No.

—¿No?

—No todavía… déjame pensarlo ¿ya?, ¿me puedes dar un poco de tiempo para hacerme la idea? Es un paso enorme para mí.

—No.

—¿No?

—Sí, solo te estoy *hueveando,* por supuesto que puedo darte tiempo… te amo. —Me río de mí mismo y mis formas tan poco convencionales de decirle las cosas importantes—... ¡Puta que soy *hueón*!, y un *hueón* que habla dormido para más re cachas.

La beso, tiernamente, como la primera vez, y puedo respirar en paz.

—Leonardo, ¿dónde puedo encontrar...? Ay, perdón... no sabía...

Eva.

¡Maldita sea!, ¿qué está haciendo aquí?, ¿no se supone que sale a almorzar afuera con su prometido?

Cierro los ojos, porque todo se ha ido al carajo. ¡Mierda!

Intento actuar con naturalidad y aparentar que en realidad me da lo mismo que nos hayan sorprendido. Para tranquilidad mía, Jesu hace lo mismo, es más, tiene una sonrisa dibujada en la cara igualita a la del Guasón.

—¿Qué necesitas, Eva?, estoy en mi hora de colación. ¿Es muy urgente?

—Ehhh, no... más rato te comento. Disculpa, no quise interrumpir —musitó.

El rostro de Eva no expresaba nada, nos miró a ambos por unos segundos y se retiró sin decir ni pío.

Jesu y yo nos miramos. «Houston, Houston, tenemos un maldito problema».

El resto de la tarde fue sospechosamente tranquilo. Eva se retiró temprano aduciendo una fuerte jaqueca. Rodrigo, desde un rincón, no deja de mirar a Jesu y a mí. Estoy seguro de que algo está tramando, y ya no puedo dejar nada al azar.

Tal vez estoy un poco paranoico, y estoy elucubrando demasiadas hipótesis descabelladas. De todas maneras, ya lo he decidido, pondré en marcha el «Plan

B» —el «Plan A» era matar a Franco y hacer que parezca un accidente, pero sido descartado. No hay factibilidad técnica para llevarlo a cabo—.

—Rodrigo, necesito conversar contigo, ¿puedes acompañarme a la «sala de reuniones»?

—Sí —acepta desconcertado—. No hay problema.

Caminamos hacia la cocina, y cuando entramos, lo invito a sentarse en una de las sillas.

—¿A esto le llamas «sala de reuniones»?

—Le llamamos de cariño así a la cocina. En fin, necesito algo de privacidad para conversar contigo algo personal.

—¿Personal?

—¿Sabes?, no se me ha escapado el detalle que Franco es tu padre, quien desde el primer día me ha dejado muy en claro que Jesús no es santo de su devoción. Para mí no es secreto que ustedes tuvieron una relación, ni tampoco el motivo de que hayan terminado.

El semblante de Rodrigo pierde color e intenta ocultar las millones de emociones que sus ojos no pueden esconder.

—¿Qué quieres de mí? —inquiere tragando saliva.

—Respuestas, Rodrigo, ¿por qué tu viejo quiere echar a toda costa a Jesús?, ¿por qué se está tomando tan personal todo esto?

—No tengo idea… —responde nervioso.

—¿Acaso crees que de verdad necesitábamos esta auditoría? Tú mismo te has dado cuenta que no era necesaria. ¿Sabes por qué la pidió Franco? Porque no quise cooperar, porque no permití que trapeara el piso con la reputación de Jesús. Dijo que era una suelta y que se iba a acostar con la mitad de los hombres de esta empresa.

—De verdad no sé por qué dijo eso… de verdad.

—¿Qué historia le contaste para justificar el término de su relación?, porque estoy seguro que no le dijiste que ella descubrió que eres homosexual, ni tampoco que a causa de eso, tuvo un accidente que la dejó dos meses en coma.

—Te juro por mi vida que no le dije nada… No sabes la clase de hombre qué es mi padre…

Rodrigo cierra fuertemente sus ojos como si me dijera «¡Cállate!», pues no, no me voy a callar.

—Sé la clase de hombre que es tu padre, por eso mismo necesito una jodida respuesta. ¿Qué cuento le metiste a tu viejo?

Los ojos de él solo reflejaban miedo y desesperación. Se afirmaba la cabeza con ambas manos como si de pronto le hubiera puesto una tonelada de piedras sobre sus hombros.

—Ok, ok… te lo contaré… Una semana después del accidente de Jesús, le dije a mi padre que habíamos terminado. Solo eso… me preguntó que qué había pasado, yo solo le dije que no se metiera, que era asunto mío. Nunca más insistió con el tema. Te juro por Dios que fue todo lo que le dije. Todo ese tiempo no podía más de la culpa que sentí por todo lo que le hice a Jesús… realmente lo siento.

—¿Te das cuenta que tus secretos hasta el día de hoy están trayendo problemas?, no solo a ti, sino a todos nosotros. Jesús no puede perder su empleo. Su hermana está enferma y ella ayuda a costear parte del tratamiento, y tú sabes que en estos días no es fácil conseguir trabajo. Estoy seguro que tu viejo va a encontrar una forma para echarla y más encima a causa de tus mentiras y omisiones. Ella no ha hecho nada malo.

—¿Qué pretendes que haga?

—La verdad, dile la maldita verdad.

—¿Estás loco?, no tienes idea de todo lo que voy a perder. Me va a desheredar y me va a quitar todo lo que tengo, quedaré en la calle.

—¿Entonces prefieres que Jesús salga perjudicada una vez más?

—No, no lo deseo, pero no puedo hacer nada más. Lo único que puedo asegurarte es que el informe que vamos a redactar no sea usado como causal de despido. En realidad tienes razón, ustedes no necesitaban ser auditados, toda la semana nos hemos estado preguntando Eva y yo el porqué.

—Ya tienes tu respuesta… no quiero sorpresas el próximo viernes, o aquí arderá Troya.

De verdad, no quiero más jodidas sorpresas.

Salgo de la «sala de reuniones» fingiendo que nada ha sucedido. Entro con naturalidad a la oficina para ver si Jesu ha sospechado algo, pero está concentrada revisando un archivo de *log*. No se ha dado cuenta de nada, eso creo.

Tengo que idear un «plan C», el «plan B» resultó solo a medias.

Capítulo 26

La segunda semana de la auditoría fue más tranquila. Rodrigo y Eva ya estaban redactando el informe, por lo que ya ni se veían en el *datacenter*, lo cual fue un alivio para todos. A pesar de lo que hablé con Rodrigo, todavía me sentía intranquilo, sabía que Franco de algún modo u otro no nos haría fácil la situación.

Finalmente, el día de la entrega del informe llegó. Franco nos citó a todos nosotros a la verdadera sala de reuniones de la empresa. Cuando llegamos, él estaba esperándonos presidiendo la mesa, a su derecha, estaba Rodrigo, y a su izquierda, estaba Eva.

—Buenos días, señores… señoritas. —Nos dio la bienvenida para comenzar—. Por favor, tomen asiento para iniciar esta reunión —solicitó ceremonioso.

Me senté al otro extremo de la mesa, Jesu se situó a mi derecha, mientras que Caro y Juanin lo hicieron a mi izquierda.

—Bien, en primer lugar quiero agradecer a *Datacheck* por haber realizado esta auditoría y por haber entregado en los tiempos estipulados este impecable informe. También, debo agradecerle a usted, Leonardo, por la gestión y colaboración de su equipo para la realización de esta auditoría. Sin duda usted y su equipo son profesionales de excelencia.

Asiento con la cabeza, pero estoy a la defensiva, tantos halagos no son propios de él.

Franco continuó la reunión repasando el informe de auditoría frente a nosotros, punto por punto. Tal como me aseguró Rodrigo, no había nada que temer. El resultado era categórico, el *datacenter* cumplía a cabalidad con todas las normas y certificaciones, y funcionaba con la precisión de un reloj suizo.

—Debo decir que no me ha sorprendido el resultado de este informe —comentó Franco con voz glacial—. Solo me ha confirmado que debo tomar una decisión. El equipo de *Housing* no necesita cuatro integrantes para funcionar sin problemas, con tres son más que suficientes. La señorita Montenegro, al ser la persona que cuenta con menos experiencia, será desvinculada de la empresa, dado que a mi criterio ya no son necesarios sus servicios.

Rodrigo, Eva, no podían creer lo que estaban escuchando, pero lamentablemente no tenían injerencia en las decisiones de Franco. Caro y Juanin, echaban chispas por los ojos. Jesu, mi Jesu, estaba seria, pero no sorprendida, en el fondo sabía que esto sucedería.

Yo estaba hecho una furia.

«*¿Querías hacer esto personal?, pues será personal hijo de la gran puta*».

—¿Así que eso querías?, ¿cuál es tu problema, Franco? —lo reto a que me dé sus verdaderos motivos.

—Ninguno que sea de su incumbencia, Leonardo.

—Pues lo es, me vas a desarmar a mi equipo. Desde el primer día acosaste a Jesús, ¿qué mierda te hizo ella? —inquiero perdiendo los estribos.

—Cuide su vocabulario, señor Apablaza. No es su problema.

—No, no es mi problema. Es su problema, señor. No deseo trabajar en estas condiciones y mucho menos junto a alguien como usted. Si la señorita Montenegro se va, yo también. Renuncio.

—Yo también renuncio —secundó Carito.

—Con mucho placer, le entrego también mi renuncia, don Franco —solidarizó Juanin.

Los tres dejamos los sobres con nuestras cartas de renuncia sobre la mesa, y Jesu estaba estupefacta y con los ojos anegados en lágrimas.

—No, no lo hagan, Caro, Juan... Leo, no —sollozó Jesu conmovida.

—No, Jesu, ya está decidido, lo hizo personal, pues ahí tiene. Intente hacer funcionar el *datacenter* sin nosotros a partir de ahora.

—¡Esto es inaudito! ¿¡Qué se han imaginado!? ¡No pueden hacer esto! Esta mocosa no vale tanta molestia, si es una golfa. ¿A cuál de ustedes tres se les abrió de piernas ya? —increpó Franco lleno de ira.

—¡Cállate, papá! —estalló Rodrigo quien hasta ese momento estaba mudo temblando de rabia—. ¡No tienes idea de lo que dices!

—No me hagas callar, hijo, esta mocosa no se burla de ningún Vial sin pagarlo.

—¿De qué mierda hablas? —interrogó Rodrigo ofuscado y confundido—. ¡Dilo!

—¿Quieres que te avergüence delante de todos?

—Hazlo —desafió.

—Que así sea —sentenció—. Hace tres años, cómo no me quisiste contar nada cuando terminaste con esta mujer, fui al instituto donde estudiaban a buscar respuestas, y me encuentro con que la «señorita» era conocida como la suelta del lugar. Uno de sus ex me lo confirmó y me dijo que te había sido infiel por lo menos con diez sujetos. ¡Esta mocosa te convirtió en el cornudo del lugar a vista y paciencia de todo el mundo!

—¡Por Dios! —susurró Jesu con lágrimas que ya eran dos arroyos surcando su cara.

—¡Eso es mentira, papá!, ¡eso es completamente falso! —Rodrigo temblaba, sus puños golpearon la mesa—. ¿¡Hasta cuándo!?¡Estoy harto de que te metas en mi vida y en mis decisiones! —Inspiró profundamente, miró a Eva casi pidiendo perdón, y luego a Franco con dureza—. Jesús no me engañó… fui yo.

—No la defiendas, hijo.

—¡Yo la engañé, papá!, ¡me descubrió tirando con un hombre en un baño público!

Franco palideció, su ira se esfumó.

—¿Qué estás diciendo? —susurró incrédulo.

—Soy homosexual, papá. Lo he sido toda la puta vida… Sí, tu peor pesadilla se hizo realidad. Tu único hijo te salió maricón, mentiroso, y poco hombre que le arruina la vida a las personas. El día que me descubrió Jesús, salió corriendo y la atropellaron. Estuvo en coma dos meses por mi culpa. ¡Dos meses!, y perdió el último año de carrera gracias a mí —vomitó Rodrigo toda su culpa y sus pecados a su padre, llorando de rabia y frustración.

Franco estaba mudo, su semblante, lívido, y solo miraba a Rodrigo con los ojos empañados.

—No fui capaz de pedirle perdón a Jesús, fui tan cobarde que no pude mirarla a los ojos nunca más. ¿Y todo por qué?, por tu maldito odio a los que no son como tú. Tu mierda de religión no te permite tolerar a nadie que no piensa como tú. Me he convertido en un ser humano horrendo, por ocultarte el simple hecho de que no me gustan las mujeres. Nunca me aceptarás, lo sé, pero ya me cansé. Me cansé de vivir una vida según tus creencias, tus malditas reglas y pendientes del qué dirán. Me harté de vivir la vida a tu manera. Yo ya no intentaré ser como tú para tener tu aprobación. Ahora viviré para ser feliz, de ahora en adelante, te guste o no, lo haré a mi modo.

Rodrigo se levantó de su silla lentamente y caminó en dirección a Jesu.

—Después de tres años, le pude pedir perdón a Jesús, y ella generosamente aceptó mis disculpas. ¿Y tú vienes ahora e intentas arruinar su carrera?, eso, señor, no lo hace un buen cristiano, y esas, son tus propias palabras.

La sala estaba en silencio absoluto. Nadie podía articular palabra. Nadie.

—Adiós, papá. Creo que nunca me perdonarás, pero hay cosas que yo tampoco puedo perdonarte.

Rodrigo abandonó la sala, todos nosotros también lo hicimos, no había nada más que decir.

Franco se quedó solo sin moverse de su silla y con la vista perdida.

Una hora después, Rosita, la secretaria de Franco, me fue a entregar las cartas de renuncia de vuelta y el finiquito de Jesu hecho pedazos dentro de un sobre.

El mensaje fue alto y claro.

Capítulo 27

Franco no fue a trabajar al lunes siguiente, tampoco el martes. El día miércoles, nos enteramos que estaba con licencia médica por dos semanas. Dicen que tuvo una crisis nerviosa, otros dicen que fue por *stress*, yo creo que no soportaba la vergüenza y la culpa.

Durante dos semanas volvimos a ser los de siempre, pero de vez en cuando no podía evitar en pensar en Rodrigo y en lo que sería su vida. Por lo menos, ya no estaba viviendo en el infierno, y eso ya era esperanzador.

Cuando terminó la «licencia médica» de Franco, él volvió. Pero ya no era el mismo, estaba más delgado, ojeroso y silencioso. Ya no quedaba rastro de ese hombre altanero, déspota y orgulloso. Incluso Rosita sintió lástima por el viejo miserable, ni se imagina que fue lo que sucedió en realidad.

Como pecas, pagas.

—Leo, mañana en la tarde voy a tu casa. Hoy no puedo, tengo cosas que hacer mañana temprano —anuncia de pronto Jesu, mientras almorzamos.

—Pero si quedamos en que irías hoy para pasar el fin de semana.

—De verdad que no puedo, cielo, olvidé que tenía un compromiso.

—¿Y de qué compromiso se trata?

—Voy a ginecólogo.

—Oh, ya veo… ¿todo bien?

—Es solo un chequeo de rutina, no te preocupes, cielo. —Intenta consolarme acariciando mi rostro.

—Ok, mañana en la tarde entonces —cedo resignado—. Supongo que tienes claro que tendrás que compensármelo de alguna forma.

—Ya pensaré en algo divertido —acepta de una manera totalmente pecaminosa.

En ese momento entra Carito a la cocina con cara de tragedia.

—Jesu, necesito tu ayuda. Tengo una urgencia femenina.

—¿Por qué no le dices que te llegó la regla y que necesitas un tampón? —sugiero socarrón.

—Idiota.

—Comadreja.

—Ya, déjala tranquila, pesado, tú no tienes idea de nada —me reprende Jesu.

—Recuerda que tengo madre y hermana. Sé lo sensibles que se ponen en sus días de la «gran ola carmesí».

—Idiota, vamos, Carito —Jesu sonríe y se levanta y sale tras ella.

Yo me río a carcajadas, me encanta molestarlas, me lo gozo todo, es como realizar un deporte extremo, es adrenalínico molestar a las mujeres cuando andan en «sus días».

De pronto, mi celular vibra en mi bolsillo, en la pantalla se visualiza un número desconocido. Lo miro curioso y contesto.

—¿Aló?

—¿Leonardo?

Esa voz… Eva. A veces siento que es una maldita carga con la que debo lidiar por el resto de mi vida.

Estoy pensando seriamente en cambiar de número, o dejarle las cosas claras de una vez por todas.

—Hola, Eva, ¿cómo estás?

—Bien. —Suspira—… mentira estoy mal.

Sé que ella dejó de ser mi problema hace rato, pero no soy un *hueón* sin corazón, ella alguna vez fue mi amiga, y ella a su manera, me consideraba un amigo. Su mejor amigo, de hecho.

—¿Qué sucede?

—Tantas cosas. —Suspira más profundamente—… ¿Leo, puedo tomar un café contigo?, necesito hablar con alguien.

Y ahí está mi oportunidad de dejarle las cosas claras de una buena vez, en vivo, en directo y en alta definición.

—Bueno, veámonos mañana en la mañana, a las once en el Coppelia que está al lado del Paseo Las Palmas.

—Gracias, nos vemos entonces.

—Nos vemos.

Corto el llamado molesto conmigo mismo, Carito tiene razón, soy un corazón de abuelita.

A la mañana siguiente, estoy sentado en una mesa del café esperando a que llegue Eva mientras me tomo un *cappuccino*. Me siento como un idiota, no le dije nada a Jesu, estoy seguro de que se va a enojar mucho. Mejor se lo contaré cuando termine definitivamente con esta molesta situación.

Más vale pedir perdón que permiso… Todavía me siento como un idiota.

Eva llega con cinco minutos de retraso, la veo entrar al lugar y me busca con la mirada, cuando me encuentra sonríe tímidamente, yo solo esbozo una sonrisa incómoda.

—Hola, Leo —saluda con un beso en la mejilla y se sienta al frente mío—. ¿Cómo estás?

—Bien, las cosas van bien. ¿Y tú?

—Bueno, no tan bien, ya sabes, Rodrigo y yo...

—Era de suponerse, te lo advertí.

—Ya lo sé. —Suspira—. Fue mejor que sucediera eso antes de la boda. Pudo haber sido peor... no he vuelto a ver a Rodrigo desde ese día. Pero lo más gracioso es que no lo echo de menos. Creo que ni siquiera estaba realmente enamorada de él.

—¿Sabes cuál es tu problema, Eva?, estás tan desesperada por estar con alguien que aceptas al primero que te ofrece algo de cariño, siempre y cuando, cumpla con tu primera regla de que sea un hombre atractivo.

—¿Así soy yo? —replica sorprendida.

—Es tu *modus operandi*. Buscas resultados diferentes haciendo siempre lo mismo. Nunca cambias tu forma de relacionarte con los hombres, los eliges por su apariencia pero no por su corazón.

—Sí que me conoces, Leo —admitió un poco avergonzada.

—Fueron bastantes años siendo tu paño de lágrimas. Ocho para ser exacto, Eva. Lógico que te conozco. Pero, ya no puedo serlo más.

—Lo sé, créeme, estas semanas me he dado cuenta que ni siquiera tengo amigas con quien hablar. Solo tú estuviste siempre a mi lado.

—Tú lo has dicho. Estuve.

—Fui una estúpida ¿cierto?, todo el tiempo estuviste ahí, y te ignoré a propósito. Lo hice todo mal. Ahora lo estoy pagando caro. —Sus ojos comenzaron a brillar con las primeras lágrimas que luchaban por salir—. Tú eres realmente feliz junto a otra que no soy yo… y me muero de la envidia por no ser ella.

«Mierda, esto no puede estar sucediendo».

—No sé qué decirte, Eva. Lo siento mucho, las cosas han cambiado, yo he cambiado.

—¿Así te sentías, cierto?, es terrible de verdad.

—Ya basta, Eva, no te mortifiques. Las cosas ya están hechas. Yo no puedo continuar con esto. Si acepté venir, solo fue porque quiero terminar de una buena vez con esto. A mí me tocó aprender de mis errores, ahora te toca a ti. Si te sirve de consuelo, lo nuestro nunca habría funcionado. Somos tan diferentes, que ni siquiera nos hubiéramos podido complementar.

—¿Estás seguro?, ¿no tengo ninguna oportunidad?

—Conmigo no. Eva, te pido por favor que no me vuelvas a llamar, yo ya no puedo ser tu amigo, ahora menos que nunca. No puedo hacerte lo mismo que me hiciste a mí, sería cruel. —Me levanto de la silla, esto para mí ya terminó—. Lo único que puedo hacer en honor a la amistad que nos unió, es aconsejarte una última vez. No ignores a quien te ama de manera genuina, o le das la oportunidad, o simplemente te alejas. Pero nunca vuelvas a repetir lo que hiciste conmigo.

—Leo… yo.

—Hasta siempre, Eva. Suerte.

En ese preciso instante miro hacia la puerta, y veo a Jesu hablando por celular entrando al mismo café, ella me mira, y luego sus ojos se dirigen a Eva, y luego a mí de nuevo.

«Mierda, ¿qué hace aquí?».

Jesu, frunce el ceño y sus ojos destellan ira, y antes de que pueda ir a dar explicaciones, da media vuelta y sale corriendo como alma que lleva el diablo.

¡Por las re *conchademimadre*!

Capítulo 28

Salgo corriendo del café buscando frenéticamente a Jesu entre la multitud. ¡Maldita sea!, es tan pequeña que se puede perder de vista fácilmente si ella así lo quiere. Llamo a su celular, timbra dos veces y se corta.

«*Este teléfono se encuentra apagado…*»

¡Maldición! Desapareció.

Tengo que encontrarla, no sé cómo, pero tengo que hacerlo. El primer lugar que se me ocurre dónde ir es a su casa. En este momento maldigo que viva tan lejos de donde estoy ahora, la hora de trayecto se me hace eterna, y mientras viajo en el metro intento nuevamente comunicarme con ella.

«*Este teléfono se encuentra apagado…*»

¡Mierda, mierda, mierda, mierda!

Llamo a Carito, me contesta al instante.

—Hola, Leíto.

—Carito, has hablado con la Jesu.

—No… ¿qué paso?

—Tuve un problema con ella.

—¿Qué le hiciste, bestia?

—Fue un mal entendido.

Le expliqué rápidamente lo sucedido, y Caro me sermoneó como si tuviera diez años. Al final, me prometió que si sabía algo de ella me avisaría.

Una hora después llego a su casa, y no hay nadie. Literalmente, la casa está vacía, desierta. No hay nada. El letrero de la corredora de propiedades tiene atravesada una huincha en rojo con la palabra «Vendida».

Estoy en la jodida dimensión desconocida. ¿En qué clase de universo paralelo de mierda estoy metido?

Estoy desesperado, no entiendo nada de lo que está pasando. Jesu no me dijo que vendió la casa, ¿en qué momento me lo contó? No lo recuerdo, estoy casi seguro que no lo hizo.

Llamo a Josefina, su hermana. No está con ella.

Llamo a Mariana, su otra hermana. No contesta.

Llamo a mamá, le cuento lo sucedido, ella me consuela y me dice que no sea tan dramático y exagerado, que todo se va a solucionar. Se nota que nunca ha visto a la Jesu cabreada.

Fijo rumbo hacia mi casa, derrotado, desolado y destruido. No resuelvo nada dando vueltas por todo Santiago y llamando a medio mundo.

Solo me queda esperar, a que ella me vuelva a contestar.

Abro la puerta de mi casa, son las tres de la tarde y no he sabido nada de Jesu. Es como si se hubiera escondido en un hoyo negro.

Me quito los zapatos, me siento en el sillón y me tomo la cabeza entre mis manos. De pronto, huelo un olor raro, ¿carne asada? Mi estómago me está haciendo alucinar del hambre. Me levanto del sillón para ir a buscar algo de comer y de la nada entra un montón de gente a mi living.

—¡¡¡Sorpresa!!!

¿Qué? boqueo como pez fuera del agua porque no entiendo nada de nada, hasta que empiezan a cantar a coro…

—Cumpleaños feliz, te deseamos a ti…

No puede ser.

Olvidé que estoy de cumpleaños, y me hacen una maldita fiesta sorpresa y lo único que deseo en este momento es escuchar la voz de Jesu por el bendito celular.

Los miro a todos, mis viejos, mi hermana, todo el clan Apablaza Rivera, mis amigos Juanin y Carito… ¿Josefina?... ¿Mariana?...

Jesu.

Está aquí, en mi casa… con una enorme torta en sus manos.

Si esto es una jodida broma se les pasó la mano. Estoy enojado, pero feliz, y estoy muy enojado, pero estoy más feliz aún, y estoy furioso, y el deseo de besarla y montar un espectáculo es aún mayor.

Estoy con un episodio bipolar agudo. No, ¡pentapolar galopante!

Ya imagino la cara que debo tener en este momento, ¡de lunático enfermo de la cabeza!, creo que me va a dar un ataque surtido en cualquier momento.

—Pide un deseo —dice Jesu bajito, porque en el fondo sabe el suplicio que acabo de vivir—. Te prometo que se cumplirá.

Apago las veintiocho velitas de un soplido y el ambiente estalla en vítores, silbidos y aplausos. Jesu le entrega la torta a mi mamá y se lanza a mis brazos como si hubiera pasado una eternidad esperándome.

—Más rato te explico todo. Perdóname, cielo —me susurra al oído, y yo, que aún no me repongo de todo lo vivido en las últimas horas, asiento como un tarado—. Recuerda que te amo más que nada en el mundo. —Y me besa descarada e impúdicamente en frente de todos.

—¡Búsquense un motel! —grita mi hermana riendo—. ¡Par de calientes de mierda!

—Deja a tu hermano, Isi —la reprende mi viejo—. Mejor vayan a tu pieza, les queda más cerca. ¡Les doy tres minutos!

—Denme ocho horas y lárguense de acá —les grito para que dejen de molestarme.

Todos ríen y están contentos y yo sigo sin entender del todo, no *cacho* cómo armar el rompecabezas que tengo en la cabeza. Mi familia, mis amigos, la familia de Jesu me saludan y felicitan por mi nuevo año de vida. Y a pesar de todas las emociones del día de hoy, la que más predomina es el inmenso amor que le profeso a esa pequeña *hobbit* mañosa.

Me las va a pagar. Muy, muy caro.

Ya es de noche, cuando mis padres, los últimos que quedaban en mi casa, deciden irse. Mi mamá está tan sensible el día de hoy. Nunca me habían hecho una fiesta sorpresa y nunca la había visto tan emotiva por ello. Cuando se empezaron a despedir de Jesu y de mí, ella me abraza fuerte, y luego me mira con sus ojos llenos de emoción e intenta arreglarme el cabello como si fuera un niño.

—Estás tan grande, hijo mío… ¿en qué momento creciste tanto?

—Mamá, ¿por qué estás así?, es solo mi cumple.

—Es que de pronto te hiciste un hombre hecho y derecho, y no me di cuenta. —Una lágrima rueda por su mejilla y yo se la seco—. Ay no me pesques, hijo, estoy muy sentimental.

—Mamita, tú sabes que te adoro, estoy un año más viejo nomás.

—Nunca dejarás de ser mi niño, te amo, hijo.

—Yo también.

—Ok, basta de emociones fuertes por hoy, vamos, Pame, y dejemos descansar a los tortolitos —interrumpe mi papá, también visiblemente emocionado—. Hijo, nos vemos la próxima semana, vayan a almorzar el domingo.

—Vale, allá estaremos.

Me abraza y me da sonoras palmadas en la espalda que por poco me quitan la respiración.

—Cuídate, hijo y cuida a la señorita.

Ambos se despiden cariñosamente de Jesu y nos dejan a solas.

—Al fin, solos —celebro con sarcasmo y miro fijo a la *hobbit*—. Señorita Montenegro, usted tiene mucho que explicar sobre los hechos ocurridos el día de hoy.

—Ah no, señor Apablaza, usted es el que tiene que explicar qué hacía con esa *yegua* en el café. Casi arruinas toda la sorpresa, nos hiciste cambiar todos los planes para sacarte de tu casa.

—Bueno, si hacemos competencia de quién arruina a quién, te llevas las medalla de oro, ¿sabes lo desesperado que estaba por no encontrarte y explicarte todo?, imagínate como me sentí al ver tu casa deshabitada. Sí, señorita, fueron las horas más terribles y angustiantes de mi vida, nadie sabía nada, tu celular muerto, tu casa vacía. Me estaba volviendo loco.

—Reconozco que se me fue de las manos, estaba enojada y me escondí en una tienda hasta que pasaste de largo, luego me llamaste, te corté, y a los quince minutos después, a mi celular se le agotó la batería. Tu hermana sí que habla por teléfono, me tuvo toda la mañana ocupada con los preparativos de tu fiesta y le succionó la vida a mi móvil.

—Mmmm, ok, eso te lo concedo. Excusas aceptadas, señorita Montenegro, lo que no significa que te voy a perdonar tan fácilmente el haberme hecho sufrir de la manera que lo hiciste, y a propósito de ello, ¿por qué no me contaste nada acerca de la venta de tu casa?

—¿Te acuerdas la semana pasada ese día que salí temprano del trabajo?, bueno, la corredora me había avisado que tenía un comprador de la casa dispuesto a pagarla de inmediato. Así que fui a hacer todo el papeleo con mis hermanas. No te conté nada porque quería darte una sorpresa hoy.

—Jesu, creo que por hoy ya hice mi cuota de «sorpresas sorpresivas».

—Esta es una «sorpresa sorpresiva» muy buena.

—¿Y de qué se trata? —pregunto intrigado… ay mi curiosidad, soy incorregible.

—Bueno, te informo que vas a tener que hacer espacio en tu closet, y en cada rincón de la casa. Desde hoy, señor Apablaza, viviré contigo.

—¿En serio?, ¿no es una broma?

—No, no es una broma, anda a «nuestro dormitorio» ahí están mis maletas y todos mis *cachureos*.

Como un resorte salté del sillón y fui de inmediato a verificar lo que Jesu me decía, porque a estas alturas del día podía suceder cualquier cosa. Apenas entré, habían cuatro maletas enormes y varias cajas. Todas sus pertenencias estaban aquí.

Jesu me miraba sonriendo desde el umbral de mi puerta con sus ojos que irradiaban felicidad y emoción.

—Desde hoy voy compartir mi vida contigo, cielo. Te amo con toda mi alma… feliz cumpleaños. Este es mi regalo para ti, mi vida completa.

—No sabes lo inmensamente feliz que me haces pequeña. —Camino hacia ella, la abrazo y la levanto dándole un beso con el cual quería transmitirle todo lo que sentía en ese momento—. Te amo, *hobbit*.

—Yo también. —Se pone seria, mierda—… y ahora, usted me va a explicar por qué estabas tomándote un café con esa *yegua*.

Me senté en la cama y la invité a que hiciera lo mismo. Le conté todo, sin ocultarle nada, mis motivos por los cuales acepté conversar con Eva. Jesu me escuchaba atenta, sin interrumpir y sin demostrar ninguna pizca de mala onda. Cuando finalicé mi relato, suspiró profundamente y me dio un beso corto.

—Gracias por contarme todo, para la otra me avisas con anticipación, así me preparo sicológicamente. No fue agradable verle esa sonrisita burlona a esa *yegua*.

—¿Qué?

—¿No te diste cuenta, cierto?, jugó hasta su última carta la loca esa.

—Da lo mismo, no volveré a hablar con ella. A veces, *hobbit*, en la vida simplemente no hay vuelta atrás y debes seguir caminos separados. Mi relación con Eva acabó de forma definitiva.

—No puedo decir que lo lamento, porque no sería cierto.

—¿Por qué te pone tan celosa ella?

—Por una parte son celos porque ella fue importante para ti, pero principalmente, ella me cae mal porque jugó cruelmente con tus sentimientos. Fue una mala persona contigo.

—Tienes razón… pero, Jesu, ten cuidado con lo que sientes, el karma es una perra vengativa, no gastes energía negativa pensando en Eva, eso ya quedó en el pasado. Solo preocúpate de nosotros, ¿vale?

—Sale y vale.

—Avanzaremos juntos.

—Sí, cielo, juntos… siempre.

Y el día de mi cumpleaños número veintiocho, fue a parar a mi nueva colección de los «días más felices de mi vida». Estoy completamente seguro de que Jesu me regalará muchos días más.

Capítulo Final

Lunes.

Compartimos veinte centímetros cuadrados de espacio en el vagón del metro. Jesu y yo viajamos todos los días para ir al trabajo, la ventaja de ir con ella al mismo lugar es que ya no me preocupo del peligro de ser señalado como un degenerado en el metro. Jesu protege amablemente mi virtud, colocándose estratégicamente delante de mí, muy, muy cerca de mi cuerpo, más bien, pegada como lapa. Lo que me trae otro problemilla, pero que es más divertido de solucionar.

Ya han transcurrido tres meses, y gracias al cielo y a todos los dioses todopoderosos, hoy vuelve Héctor a sus funciones. Después del aquel episodio tan complicado que vivimos al principio con Franco Vial, nunca más le vimos asomar su nariz por nuestras instalaciones. Si necesitaba comunicarme algo, usaba el correo electrónico, y en un caso extremo me llamaba por teléfono. Él, literalmente, se convirtió en un fantasma, sabíamos que estaba ahí, pero nadie lo veía.

Dicen que el viernes pasado, le regaló una caja de chocolates a Rosita, como regalo de despedida, y ella casi se desmayó de la impresión. También dejó un sobre para Jesu.

Se trataba del título de dominio de la casa que vendió ella y sus hermanas para costear la enfermedad de una de ellas. En una escueta carta le explicó que esa era su manera de compensar todo el mal que ocasionó por su culpa. Lamentablemente, todos errores que Rodrigo cometió para ocultar su preferencia sexual, fue a causa de su eterna coacción, y él necesitaba redimirse de alguna manera. Lógico que Jesu no quiso aceptar, pero al parecer a Franco Vial está inubicable. Averiguamos sobre la legalidad de esos papeles y todo está en regla. Finalmente, las tres hermanas decidieron arrendar la casa e ir ahorrando ese dinero para generar un fondo común de emergencia.

En fin, como todos los días, llegamos puntuales a nuestro trabajo, —salvo por un par de excepciones en donde se nos pasó la mano con los arrumacos mañaneros—, y comenzamos nuestras rutinas habituales. Juanin, desde hace un tiempo llega todas las mañanas descompuesto con el estómago revuelto, y vomita todo lo que come, hasta que se recupera a eso del mediodía. Resulta que Carito tiene dos meses de embarazo, y quien experimenta los síntomas es él, pobre, ella está como tuna y él pareciera que va a morir en cualquier momento. No quiero ni saber cómo será el día del parto, capaz que él sienta los dolores de las contracciones. Tampoco quiero imaginar en qué orificio va a sentir el alumbramiento.

A las diez de la mañana, Héctor me llama a su oficina, y voy de inmediato para verlo, ¡puta que echaba de menos al viejo zorro maquiavélico! Quizás qué historias trae de su post grado en Estados Unidos, estoy ansioso de verlo y de conversar con él.

Cuando llego, veo a la secretaria de él con una sonrisa de oreja a oreja, está contenta. Me alegro mucho por ella, su experiencia con Franco no debió ser de un campo de flores.

—¿Todo bien, Rosita?

—Todo ha vuelto a la normalidad. Así que todo está muy bien.

—Así veo, ¿vas a echar de menos a Franco?

—Fíjate que sí, cambió mucho de un día para otro. Se volvió más… humano. Ve tú a saber la razón, pero fue para mejor para los que trabajábamos día a día con él.

—Mira tú, ah, cómo cambia la gente. Bueno, nunca es tarde para aprender.

—Tienes toda la razón.

—No te quito más tiempo, Héctor me está esperando.

Entreabro la puerta y él dirige la mirada hacia mi dirección, me sonríe y hace un gesto para que entre. Se levanta de su asiento y va a mi encuentro, nos damos un abrazo y me palmea fuerte la espalda sacándome el aire de los pulmones.

—¿Cómo estás, Leonardo? ¡Estoy impresionado!, puedo ver que estás de una sola pieza. Me alegro mucho.

—Apenas, pero lo logramos. Fue toda una aventura extrema.

—Algo me han contado, Leonardo, ponme al día.

Con Héctor tengo la confianza suficiente y le conté con pelos y señales nuestra «experiencia religiosa» que vivimos en su ausencia. Para qué describir la cara que puso cuando le conté lo que sucedió al final de la auditoría. Impactado es una palabra que se queda corta para explicar su reacción.

—Has pasado la prueba de fuego con ese hombre por lo que veo. Para mí, esas son noticias excelentes, con eso me quedo tranquilo con las cosas que vienen a futuro, y a propósito de ello, te comento que voy a dejar este puesto de trabajo.

—¿Perdón? —¿Acaso este hombre no es capaz de prepárame sicológicamente para sus anuncios?, ¡siempre sin anestesia!

—No me pongas esa cara de cachorro enojado. —Ríe—. No me voy de la empresa, fui ascendido, por eso fui a hacer el post grado. A partir del próximo mes esta será tu oficina. Lo lamento mucho por la señorita Montenegro, ya que no te verá a todas horas, pero bueno, «siempre les quedará París».

Lo miro confundido, no entiendo nada.

—¿Nunca has visto Casablanca?… ¿«Siempre nos quedará París»?… ¿No?... Cómo sea, siempre tendrán la hora del almuerzo.

—Ahhhhhhhh, claro, el almuerzo. —Sonrío con malicia, y no puedo evitar evocar los sabrosos postres que me da Jesu.

—Bien, tenemos un montón de trabajo. ¡Manos a la obra!

—Queridos hermanos, nos hemos reunido hoy para unir a este hombre y a esta mujer en santo matrimonio…

Miro a Jesu embelesado, se ve preciosa y radiante, me tiene completamente embobado mirando lo seductora que se ve, envuelta en su vaporoso vestido. Ella sonríe feliz y me mira como si quisiera comerme con papas fritas, pero de pronto, parpadea, frunce el ceño, me reprende con la mirada, y me obliga a prestarle atención al cura. Aguafiestas.

El embarazo fue el empujoncito que necesitaba Carito para decidirse y aceptar de una vez por todas casarse con Juan, que ya venía hace tiempo con la idea de formalizar su relación. La quinta es la vencida… dicen.

Organizaron una boda *express* antes de que Caro cumpliera cuatro meses de gestación, casi ni se le nota el embarazo, así que era ahora o nunca… no, mentira, era ahora, o cuando el bebé cumpliera un año.

Y aquí estamos frente al altar, soy el padrino y Jesu, la madrina, ¿qué creían?, ¿qué nos íbamos a casar?, no, para eso falta que ella acepte, porque ya se lo he insinuado unas cien veces. Pero ella evade el tema, dice que me estoy apurando un «pelín», que llevamos poco tiempo, bla, bla, blá. A mí me da lo mismo el tiempo. Según yo, ella es la que está un «pelín» asustada porque es un paso colosal, bueno, para ella es todo colosal, como es tan pequeña, desde su punto de vista la mayoría de las cosas se ven enormes.

Hoy, en la fiesta le quitaré el susto y obtendré mi «sí, quiero» a como dé lugar.

—Señorita Montenegro, me concede esta pieza, por favor. —Extiendo mi mano, invitándola a bailar—. Prometo no pisarle sus delicados pies de *hobbit*.

—Será un placer, señor Apablaza. —Toma mi mano y ríe coqueta—. Esto sí que es una novedad, no sabía que bailabas.

—Yo tampoco, pero puedo improvisar.

La guio a la pista de baile, están todos los invitados bailando alegremente, y cuando llegamos al centro empieza a sonar una canción vieja de Ángel Parra Trio. Es un *cover*, creo que se titula «No puedo quitar mis ojos de ti», el cual es totalmente *ad hoc* con mi estado actual, no puedo dejar de mirar a Jesu.

Estoy completamente bajo su embrujo, sin lugar a dudas ella es una elfa-*hobbit*-hechicera.

Veo a Juanin y a Carito al lado del DJ echándome porras... Así que ellos son los culpables de que esta atmosfera sea tan especial. Definitivamente les voy a levantar un altar, instaurar una nueva religión y les regalaré una dotación de pañales por un año para su bebé, si me resulta lo que planeo.

—Jesu, ¿me amas? —pregunto mientras bailamos lento.

—Por supuesto que te amo —responde sin vacilar.

—¿Cuánto?

Ella ríe nerviosa y me mira enamorada.

—¿Por qué me preguntas eso?

—Dime, ¿cuánto?

—¿Quieres una respuesta cursi o quieres una respuesta *nerd*? —ofrece.

—Voy por la respuesta *nerd*.

Piensa durante unos segundos, que se me hacen demasiado largos y luego ríe.

—Te amo Pi. —La miro sin entender mucho—. El amor que siento por ti es como el número Pi —explica.

—¿3,1416?, ¿no crees que es muy poco?

—No, cielo, Pi es irracional e infinito.

Rio a carcajadas, y la abrazo fuerte. Es la respuesta más adorable, ñoña e inteligente que he escuchado en toda mi vida. Por ese tipo de cosas adoro a la pequeña que tengo entre mis brazos.

—Yo también te amo Pi, mucho, mucho Pi. —Rozo mi nariz con la suya, como un beso de esquimal—. Jesu, ¿quieres celebrar conmigo un contrato solemne por el cual un hombre y una mujer se unen actual e indisolublemente por toda la vida, con el fin de vivir juntos, procrear. —Arqueo mi ceja con lascivia—, y auxiliarse mutuamente?

—Leo, ¿tú quieres casarte conmigo?

—Bueno, es repentina y muy poco romántica tu proposición, pero, sí, quiero casarme contigo.

—Leo, ya te he dicho…

—Haz algo irracional, Jesu. Realicemos el acto más estúpido de nuestras vidas. Soy un hombre que necesita el bendito papel para asegurarme de que no te irás jamás. Por favor, apiádate de mí y cásate conmigo. Necesito la boda, el pastel, el ramo y la fiesta para que todo el mundo sepa que tú eres mía y que yo te pertenezco por completo.

—¿Estás seguro de que eso es lo que quieres?

—Totalmente seguro.

—Entonces, sí… Pero pobre de ti si te arrepientes porque te…

—¿Sí? ¡Por Dios, al fin me dijiste que sí! —La beso como si fuera poseído por una bestia de lo contento que estoy. Ahora sí que soy el *hueón* más feliz del puto e inconmensurable espacio sideral.

¡Cómo amo a esta mujer! ¡Estoy maravillosamente fregado!

Epílogo

—Mmmm, aquí hay algo raro —murmura el sujeto de la bata blanca mientras mira la pantalla, yo solo veo un montón de manchas monocromáticas—. Mejor nos aseguramos con el sonido.

En milésimas de segundo un sudor frío recorre mi espalda. Solo quiero que todo esté normal. Aprieto fuerte la mano de Jesu quien me responde de vuelta intentando tranquilizarme.

La habitación en la que nos encontramos en este momento, de súbito es invadida por el sonido de lo que parece ser el galope furioso de un caballo, un caballo con cero sentido del ritmo, es sumamente extraño y un tanto perturbador.

—Ese es el latido del corazón, mejor dicho de dos corazones.

—¡¿Mi hijo tiene dos corazones?! —pregunto temiendo lo peor.

—No, para nada, su hijo está en perfectas condiciones, solo que no es uno, son dos. Felicitaciones serán padres de mellizos.

—¡Mellizos! —Jesu y yo exclamamos al mismo tiempo.

No sé si reír o llorar, ya somos padres de una señorita preciosa e inteligente, succionadora de horas sueño y que me ha hecho experimentar un amor que puede ser el doble de infinito e irracional que el número Pi. Ella ya tiene dos años y su nombre es Milagros, a secas. Le puse así solo para molestar a la *hobbit*… «Jesús hizo un milagro conmigo», ¿entienden el chiste?... ¿no? Parece que soy el único que le encuentra gracia. En fin.

—¿Pero, doctor, ella podrá tener mellizos sin problemas?, mírela es minúscula, va a reventar con dos pequeños dentro de su vientre.

—¡Oye! ¿Qué te pasa? —Jesu me taladra con la mirada y luego la invade la preocupación—. No tendré problemas, ¿cierto?

—Pues me ha tocado ver de todo en esta profesión. He visto mujeres de dos metros que se complican con un solo bebé y mujeres pequeñas como tú, que son capaces de traer al mundo a trillizos. Es relativo, pero tú ya tuviste a tu hija sin problemas, tener mellizos no será más que un trámite. —Sé que el ginecólogo intenta animarnos y quitarnos la preocupación, pero por mi parte no lo logra. Estoy totalmente impresionado.

—Ahhh, entonces no me preocupo —resuelve Jesu relajada, ¿de verdad ya se le pasó el susto?

—No te preocupes. Todo saldrá bien. —asegura el matasanos.

Salimos de la consulta médica y yo todavía estoy en estado de shock. Mellizos… Debo tener los espermatozoides más poderosos del planeta para fecundar dos óvulos al mismo tiempo. Bueno Jesu también es mutante, ¿cómo mierda pudo ovular doble?

—¿Estás segura de que estás bien, *hobbit*?

—Mejor que nunca, cielo, estoy súper emocionada, ¡tendremos dos *pirigüines*!, ¿tú no?

—Estoy acostumbrándome a la idea… dos. Mierda, estoy rebosante de felicidad y cagado miedo al mismo tiempo.

—No te preocupes, soy una mujer muy fuerte.

—Lo sé, es que te imagino con dos *pirigüines* creciendo y tú eres tan chiquita… me da cosa.

—Cielo, eres tan exagerado a veces, no hay que hacer una tormenta en un vaso de agua. Simplemente es lo que nos tocó vivir.

—Sí, ahora nos toca por partida doble. —Suspiro profundamente y beso su cabeza—. Te amo Pi, Jesu. Eres increíblemente valiente.

—Yo también te amo Pi.

Seguimos caminando de la mano en dirección al estacionamiento subterráneo que está a unas cuantas cuadras. Caminar me hace bien, y me estoy calmando del impacto inicial de ser el futuro padre de mellizos.

Mi vida no podría ser mejor.

Han pasado cinco años desde aquel día en que besé a Jesu por primera vez, nos ha pasado de todo, cosas buenas, cosas malas. Pero seguimos siempre juntos, cada vez más unidos. Amándonos como si el transcurrir del tiempo no existiera.

Una de las cosas buenas que han pasado es que la hermana de Jesu se mejoró de su enfermedad. Fue una lucha ardua pero finalmente Josefina pudo dar el golpe final y logró recuperarse. Tiene que hacerse exámenes preventivos todos los años, pero hasta el momento todo ha salido bien. Lo malo es que con la radioterapia y posterior quimioterapia perdió la posibilidad de concebir un hijo. Pero no todo está perdido, ya están finalizando los trámites para adoptar un niño o niña. Las hermanas Montenegro siempre encuentran una ventana abierta cuando se les cierra una puerta, no pierden el tiempo intentando abrirla en vano.

Carito y Juanin están súper bien, Carlitos, el hijo de ambos, ya tiene como cuatro años y es un pequeño demonio, sobre todo cuando se junta con la Mili. Tienen una relación de amor-odio, que yo prefiero que en un futuro muy lejano sea de odio, porque de lo contrario, tendré que castrar a Carlitos cuando sea grande, y eso será motivo de pelea con Carito y Juanin.

Ya no nos vemos todos los días, pues ya no trabajan en la misma empresa que yo, primero renunció Juanin porque recibió una oferta que no pudo rechazar, y luego Caro decidió junto con Jesu trabajar medio tiempo en levantar una microempresa de asesorías técnicas. Y no les ha ido nada mal.

Así y todo nos juntamos bastante seguido, ambos continúan siendo mis incondicionales mejores amigos de todo el puto mundo mundial de la tierra terrestre.

Yo, todavía trabajo donde mismo, pero actualmente soy gerente de *Housing*, ocupo el puesto que dejó vacante Héctor hace un año atrás. He ido escalando posiciones en la empresa en base a duro trabajo y esfuerzo, pero sin matarme sacrificando mi vida familiar o sino Jesu me colgaría de las pelotas.

—Leo, ¡mira! —Jesu me llama la atención con cara de sorpresa.

—¿Qué cosa?

—En la vitrina, mira la tele.

—Pero si ese LED es más chico que el de la casa.

—No me refiero al LED, mira quien está en la tele.

Ahí, frente a todo el país, está un sonriente Rodrigo Vial en el noticiero de la tarde y en alta definición. Lo están entrevistando a propósito de la marcha de las minorías sexuales que se está llevando a cabo el día de hoy, y lo abraza amorosamente un hombre —no podía ser de otra manera—. No logramos escuchar nada a través del cristal, pero lo más lógico que podemos suponer es que él está ahí apoyando la causa. Jesu y yo quedamos de una pieza cuando dirigen la cámara a otro entrevistado, y no es nada más y nada menos que Franco Vial.

—¡Por Dios!, ¿Franco es *gay* o está apoyando a Rodrigo? —especula Jesu.

—Pues da lo mismo, está con su hijo, después de haberle hecho la vida imposible.

—Estoy perpleja… Me alegro mucho por él. Rodrigo merecía poder vivir a su manera.

—Merecía tener un mejor padre, al parecer Franco se está enmendando.

Hasta ese instante nunca antes supimos de Rodrigo o de su padre, era como si la tierra se los hubiera tragado. Bueno ahora sabemos qué están bien, cosas así me hacen tener fe en la humanidad. Todos podemos cambiar, aunque aparentemente seamos troncos torcidos desde la base.

Al verlos en televisión no pude evitar que mis pensamientos se dirigieron a Eva. Lo último que supe de ella fue hace dos años, decía la leyenda que estaba saliendo con un tipo que era más feo que el maestro Yoda en bikini bailando en el caño. Por lo menos eso fue lo que dijo, un amigo, del amigo, de un ex compañero de universidad. Yo no sé si será cien por ciento verdad, pero como dicen por ahí «si el río suena…».

—Cielo… Amor… Leo… ¡Apablaza!

—Perdón, me desenchufé. ¿Qué decías, peque?

—Te decía que la Pame me mandó un mensaje. Dice que la Mili ya está haciendo berrinche porque su papá se desapareció. Tenemos que ir a buscarla.

—Ya, *pucha*, apuremos la causa entonces. —Suspiro apesadumbrado—. Y yo que quería pasar a *pololear* «por ahí».

—Qué pena. —Jesu hace un puchero lleno de sarcasmo—. Tendrás que conformarte con hacerlo como siempre, al estilo «calladito te ves más bonito».

—Y sonríe perversa mordiéndose el labio inferior—. Otro día nos pegamos una escapadita para poder jugar algo del repertorio especial.

—Aprobada la moción, ¿puede ser hoy?

—El sábado, te lo prometo.

—Voy a aprovisionar la caja negra. —El color rojo en las cajas aún me perturba.

—Me encanta cuando usas el factor sorpresa.

—Obvio, si es mi especialidad.

Con los años nos hemos vuelto un par de degenerados, y me encanta. Pero lo que verdaderamente me llena en esta vida es cuando al final del día hago cucharita con el cuerpo desnudo de Jesu. En ese momento, cuando la tengo entre mis brazos, la siento tan, tan mía, que no podría pedir nada más. Es lo único que necesito para descansar tranquilo y reponer energías.

—¡Papiiiiiii! *¿Cómoestaibiengaciasytú?* —grita corriendo Mili a mi encuentro con la única frase «coherente» que puede decir a su corta edad.

—Hola, mi *oompaloompa*. —La tomo en brazos y le doy un beso de esquimal—. ¿Hiciste sufrir mucho a tu mami Pame?

—*Mia a asaio.* —Mili nunca me contesta lo que le pregunto. Tiene la misma capacidad de atención que un mosquito.

—Dice que mires su dinosaurio. —Jesu me traduce, es la única que puede entender «Miliñol».

—Ohhh… qué bonito, ¿te gusta? Este dinosaurio es un velociraptor. ¡Grrrrrrrr!

—*Aatoh. Mio.*

—No te entiendo un carajo, hija. Entremos y veamos cuántas canas más tiene mami Pame gracias a ti. Se irá de culo cuando se entere que tendrá un par de nietos más.

Mi vida definitivamente, no podría ser mejor.

¿Cuánto más he de avanzar? Eso no lo sé. La única certeza que tengo en este momento es que no estoy solo, tengo mi familia. A mi lado va una mujer, que no es muy diferente a cualquier otra, pero llegó a mi vida en el momento y lugar preciso. Ni siquiera sé por qué la amo tanto, y por eso, ella es única para mí, y nuestra historia, irrepetible.

Soy un tipo normal, pero para ella, soy lo mejor que le ha pasado y no cambiaría nada de mi forma de ser, me ama con mis virtudes, defectos e idiosincrasias. Me conoció después haber vivido el infierno en la tierra, salió adelante por sí sola y se prometió a sí misma ser feliz, todos los días de su vida.

Yo procuraré que esa promesa no se rompa jamás. Hasta el momento lo he logrado, pero seguiremos avanzando en este camino, juntos, los dos de la mano. Viviremos cada día de nuestras vidas, unidos, dando siempre firme, un paso a la vez.

Fin

Agradecimientos

Deseo dar las gracias a mis queridas amigas y lectoras Beta que sin sus aportes, opiniones, críticas y sugerencias no habría avanzado tan rápido. Eve Torres, Karina Barrientos, Jelly Reynoso, Karo Leiva y Andrea Valenzuela. Gracias Pi.

A toda esa nueva generación de escritoras chilenas, que de la nada comenzaron a salir como margaritas en primavera. Todas ustedes inspiran. Gracias Pi.

A todas las personas que han dedicado su tiempo en leer mis historias y me han brindado sus valiosas palabras de aliento. Gracias Pi.

A mi familia. Gracias Pi.

Al señor A.C.A.A, te amo Pi. Gracias por ser tú.

PS: Gracias a todos lo que hicieron posible esta segunda edición. Nunca imaginé, ni en mis más extraños y descabellados sueños que esto sucedería. Gracias, gracias Pi

Sobre la autora

Hilda Rojas Correa, es el seudónimo de Pamela Díaz Rivera, nació en julio de 1980, en Santiago de Chile. Es la mayor de tres hermanas, casada, madre de dos hijos, dueña de casa novata, y se autodenomina una romántica «sentimentaloide» empedernida.

La primera novela que escribió fue, «Yo, tú, ellos... Nosotros» en el año 2013. Nunca antes había hecho nada igual en su vida, y un día solo se puso a escribir a modo de exorcismo, y el resultado gustó tanto a los demás, que simplemente siguió sin mayores pretensiones.

Recién en el año 2015 se tomó en serio el hermoso oficio de escribir y desde entonces ha publicado en digital «Libertad» en abril, «Un paso a la vez» en septiembre del mismo año, «Pide un deseo» en enero del 2016, en mayo «Te encontré en el olvido» y en próximamente «Ángel, camino a la redención». Todos los títulos, a excepción del último, también están disponibles en papel directamente con su autora.

Puedes seguirla en:
Página web *www.hildarojascorrea.com*
Twitter *@HildaRojasC*
Instagram *@hildarojascorrea*
Fan page de Facebook
https://www.facebook.com/hildarojascorrea
Grupo de Facebook
«Novelas y algo más - Hilda Rojas Correa»